KB184242

사쿠라모리 아카네
Akane Sakuramori

"그렇게 심심하면……
그, 저기……
나랑 대화라도 하면
좋지 않을까?"

거즈처럼 얇은 반팔 셔츠 너머로
소녀의 달콤한 피부 냄새가 풍겨 왔다.
몸의 라인이 가려지지 않아서
둥근 어깨나 가슴의 라인이
선명하게 보였다.

호조 사이토
Saito Hojo

필사적으로 넥타이를 조물거리는
아카네의 얼굴이 너무 가까워
숨을 쉬는 것조차 힘들었다.

"⋯⋯히마리한테는 하게 해 줬으면서,
나는 못하게 하는 건, 불공평해."

——좀 더 그에게 다가가고 싶다.

아카네는 생각했다.

——좀 더 그에 대해 알고 싶다.

아카네는 원했다.

CONTENTS

Class n...
Daikirai na Joshi t...
Kekko...
surukotoninat...

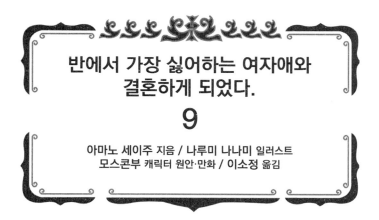

반에서 가장 싫어하는 여자애와 결혼하게 되었다.

9

아마노 세이주 지음 / 나루미 나나미 일러스트
모스콘부 캐릭터 원안·만화 / 이소정 옮김

소미미디어

커버 그림, 본문 일러스트 | **나루미 나나미**
만화 | **모스콘부**

호조 본가 별장에서 열린 사이토의 졸업 기념 파티.

처음 만난 소녀와의 이야기에 푹 빠진 사이 밤은 깊어가고, 끝날 시간이 되었다. 잘 차려입은 손님들이 돌아가는 현관에서 열두 살의 사이토는 소녀를 배웅했다.

"그럼……."

"응, 그럼……."

소녀는 가볍게 인사하고 사이토 앞에서 떠났다. 과일처럼 새콤달콤한 잔향이 사이토 옆에서 떨어져 나갔다.

분명 이제 두 번 다시 만날 수 없을 것이다. 파티에 불린 그 어떤 저명인사와 이야기하는 것보다 더 짜릿했던 시간을, 두 번 다시는 맛볼 수 없다.

"아……."

사이토는 소녀를 불러세우기 위해 손을 들었지만, 이내 힘을 잃고 손을 내렸다. 다른 한 손에는 소녀가 빌려준 손수건을 들고 있었다.

한숨을 쉬는 사이토 옆에 할아버지 텐류가 섰다.

"다시 만나고 싶으냐?"

"……딱히."

할아버지의 물음에 사이토는 고개를 저었다.

"상당히 마음이 잘 맞던데. 파티 시간만으로는 부족했지?"

"이야기가 좀 통한 것뿐이야."

"파티가 끝날 때까지 둘이서만 얘기했는데, 좀? 네게 인사하고 싶어하는 아가씨들은 그 밖에도 많았는데?"

놀리는 텐류.

"인사를 시키려는 아저씨들이 많았을 뿐이잖아. 딸을 정략결혼의 재료로 쓰려는 쓰레기 같은 패거리야."

"훌륭한 쓰레기도 얼마든지 있고, 쓰레기는 쓰레기 나름의 이용 가치가 있지."

"어떤 쓰레기와도 엮이고 싶지 않아."

텐류에게 소개받을 땐 어쩔 수 없이 인사하긴 했지만, 아첨하는 무리들을 상대하는 것만큼 피곤한 일도 없었다.

그들은 사이토의 존재는 조금도 원하지 않았다. 사이토 따위는 있으나 없으나 매한가지다. 그들이 원하는 것은 오직 텐류와 호조 그룹의 위광이었다.

텐류가 제안했다.

"별장에는 숙박용 객실도 있어. 그 아가씨, 지금이라면 초대해서 하룻밤 내내 여유롭게 이야기할 수 있을 텐데?"

"필요 없어."

그 아이도, 지루한 파티에서 시간을 보내려고 사이토와 대화하고 있었을 뿐.

그런 상대에게 더 대화하고 싶다고 요구하는 것은 너무 뻔뻔한 일이고, 기분 나쁘게 생각할지도 모른다.

텐류가 쓴웃음을 지으며 사이토를 내려다보았다.

"너는 묘한 곳에서 빼는군. 자고로 호조 그룹의 후계자라면 세계의 모든 것을 손에 넣을 생각으로 대담하게 뻗어나갈 줄 알아야지."

"나는 할배랑은 달라."

"뭐가 다르지?"

"독재자인 주제에, 할배는 인망이 있잖아."

"당연하지. 나니까."

거침없이 단언하는 모습은 손자의 눈으로 봐도 부동의 강인함이 느껴졌다.

파티에 와 있는 손님도, 언뜻 보면 비위를 맞추기 위해서 텐류에게 몰려든 것처럼 보이지만, 사실은 달랐다.

그들 중에는 텐류를 향한 숨길 수 없는 선망이 있었다. 텐류의 지혜를 탐내고, 텐류에게서 나오는 식견을 조금이라도 자기 것으로 만들고자 애썼다.

하지만 사이토의 곁에서는 모두가 떠났다. 부모도 그렇고, 반 친구도 그렇고. 길게 말할수록 사이토의 본성을 알고 질려버리고 만다.

그렇다면 그 소녀도 하룻밤의 즐거운 꿈으로, 그저 아름답게 남겨두는 편이 좋다. 그녀의 아름다운 미소가 혐오로 일그러지는 모습은 보고 싶지 않았다.

한순간 마음에 들었다고 해도, 어차피 모두가 사이토를 싫어하게 될 것이다.

"나도…… 똑같아."

사이토는 손수건을 움켜쥐고 중얼거렸다.

부부의 집 주방에서 아카네가 사이토를 올려다보았다.

떨리는 손으로 사이토의 소매를 잡고, 흔들리는 눈동자로 묻는다.

"사이토는 나를…… 어떻게 생각해?"

"무, 무슨 소리야?"

사이토는 심장이 뛰는 것을 느꼈다.

"날, 좋아해……?"

속삭이듯 묻는 아카네.

──어째서 들킨 거지?!

사이토는 화들짝 놀랐다.

아카네에 대한 사랑을 자각하자마자 바로 이런 상황이다. 자신의 마음이 그렇게까지 알기 쉽게 태도로 나와 버린 것일까.

"조, 좋아한다는 게, 무슨 뜻이지? 우선은 그 정의부터 시작해야 할 것 같은데."

사이토는 식은땀을 흘리며 말했다.

수줍음이 많은 아카네는 호감에 대해 직설적으로 말하는 것에 서투르다. 그녀의 감정을 흔들어서 혼란스럽게 만들면 이 화제도 흐지부지 넘어갈 수 있을 것이다.

──아직 밀어붙일 수 있어!

사이토는 실낱같은 희망에 기댔다.

아카네는 사이토의 눈을 똑바로 바라보았다.

"여자로서, 날 좋아하냐고 물었어."

돌직구다. 평소의 아카네로는 상상도 할 수 없는 공세. 사이토는 심리적으로나 물리적으로나 벽으로 내몰리고 말았다.

긍정할 수는 없었다. 만약 천적에게 그런 시선을 받고 있다는 사실을 알게 된다면, 아카네는 위협을 느끼고 도망칠 것이다. 겨우 아카네가 본가에서 돌아왔는데, 모든 것이 다 허사로 돌아간다.

두 사람은 순전히 각자의 꿈을 위해 애정 없이 결혼한 것에 지나지 않았다. 도중에 사이토의 마음만 변해버린다면 아카네에게 있어 민폐일 뿐이다.

설령 아카네가 이 집에 남아준다고 해도 두 사람의 삶은 불편해질 것이다. 침대에 들어갈 때도 아카네는 사이토의 행동에 겁을 먹고 편히 잘 수 없겠지.

"가, 갑자기 왜 그래? 우린 할배 때문에 강제로 결혼한 것뿐이잖아? 여자라거나 남자라거나, 그런 거 상관없어."

사이토는 어떻게든 공격을 피하고자 애썼다.

"처음에는 그랬지만……."

아카네가 시선을 돌렸다.

하지만 곧바로 사이토를 바라보았다.

"사이토, 나한테 그랬잖아. '나한텐 네가 필요하다'라고.

그건 무슨 뜻이었어?"

"윽……."

그렇다, 말해버렸다. 다른 누가 들으면 프러포즈로밖에 보이지 않는 대사를, 면전에서. 그때는 필사적이었기 때문에 말을 고를 여유가 없었고, 무심코 튀어나온 말은 사이토의 본심이었다.

——이건…… 위험해…….

사이토는 긴장하며 침을 삼켰다.

아카네는 사이토의 옷을 움켜쥐고 잡아먹을 듯한 눈빛을 보내왔다. 도저히 도망치는 것을 허락해 줄 분위기가 아니었다.

어떻게든 이 상황을 헤쳐 나가야 했다. 언제까지나 이 관계를 이어가기 위해. 거짓된 유대감이라 해도, 아카네와 함께 계속 있기 위해.

한계까지 몰린 사이토는 지푸라기 잡는 심정으로 변명을 쥐어짰다.

"그, 그건, 그러니까…… 식량 보급을 위해서야."

"식량……?"

아카네가 어리둥절한 얼굴을 했다.

"맞아! 네가 없으면 내 식생활은 프로틴과 채소 주스뿐이야! 물론 프로틴은 둘도 없는 존재지만, 네 요리가 더 압도적으로 맛있어! 그러니까 '네가 필요하다'라고 한 거야!"

"뭐?! 내가 무슨 요리 기계야?!"

분노를 터뜨리는 아카네.

"그런 건 아니지만! 실력 좋은 셰프가 우리 집에 있는 게 편하고 좋잖아?!"

"편하다니 뭐야! 난 셰프를 하려고 돌아온 게 아니야!"

"그러니까 그, 그건 말이 그렇다는 거지……!"

사이토가 말할수록 상황이 더 악화되었다. 연정을 숨기려고 했을 뿐인데, 아카네의 호감도가 순식간에 하락했다.

"이제 됐어! 맛있는 밥이 먹고 싶을 뿐이라면 별 세 개 레스토랑이랑 결혼하든가!"

"레스토랑과 어떻게 결혼을 해! 생물조차 아니잖아!"

"사이토 바보!"

아카네는 주방에서 뛰쳐나갔다. 거칠게 계단을 뛰어오르는 소리, 공부방에 뛰어들어 문을 쾅 닫는 소리가 온 집안에 울려 퍼졌다.

"왜 항상 이렇게 되는 거야……."

사이토는 고개를 푹 떨궜다.

아카네는 곧장 1층으로 내려와 주방으로 이어지는 문을 살짝 열었다. 사이토에게 들키지 않게 복도에서 안을 들여다보았다.

사이토는 풀 죽은 모습으로 싱크대 청소를 하고 있었다.

별거하는 동안 썩어가던 싱크대를 조금이라도 깨끗하게 만들면 아카네의 기분을 풀 수 있을 것이라고 생각하는 것인지도 모른다. 스펀지로 얼룩을 지우며 사이토가 한숨을 내쉬었다.

——한숨을 쉬고 싶은 건 이쪽이야…….

속으로 중얼거리는 아카네.

본가에서 이제 막 돌아왔는데, 오자마자 바로 사이토와 싸우고 말았다.

사실은 좀 더 친하게 지내고 싶은데. 사이토와의 거리를 좁히고 싶은데.

——하지만 지금은 사이토가 잘못했어! 그래, 내 잘못은 아냐!

아카네는 볼을 부풀렸다.

다가가고 싶은 마음과 밀어내고 싶은 마음이 안에서 뒤죽박죽 섞여 아카네를 혼란스럽게 만들었다.

늘 이런 식이다. 사이토와 관련되면 다른 누구와 관련되는 것보다 더 롤러코스터처럼 감정이 흔들려서 마음이 놓이지 않았다.

당사자인 사이토는 싱크대 청소를 마친 후 거실 소파에서 독서를 시작했다……고 생각했는데, 소파에 누워 바닥으로 굴러떨어지더니, 그대로 멈춰버렸다. 아무 의욕이 없다.

고양이 같아서 좀 귀엽다, 라고 아카네는 생각했다.

——내가 돌아오길 바란 이유가, 정말로 밥 때문이야?

속으로 그렇게 묻는다.

직접 만든 음식이 먹고 싶을 뿐이라면, 아르바이트하는 카페로 오면 그만이다. 학교에서 도시락을 건네준 적도 있었으니 꼭 아카네를 부부의 집으로 데려올 필요는 없었다.

게다가 '네가 필요해'라고 말했던 사이토의 말에는, 더 강한 마음이 담겨 있는 느낌이었다. 사이토의 목소리는 떨리고 있었고, 아카네에게 내미는 손도 떨리고 있었다. 평소에는 여유롭게 굴던 그의 눈동자가 그 순간만큼은 진지하게 아카네를 바라보고 있었다.

아카네의 희망적인 관측일지도 모르지만…… 이번만큼은 사이토가 이성적인 행동을 취하지 않은 것처럼 보인 것이다.

어쩌면, 만분의 일, 억분의 일의 가능성이지만, 사이토는 아카네에게 셰프 이상의 감정이 있는지도 모른다. 단순한 동거인이나 가족이 아니라, 좀 더 특별한 마음을 품고 있는지도 모른다.

그런 식으로, 기대하고 만다.

——사이토의…… 진짜 마음을 알고 싶어.

아카네는 애끓는 마음을 느꼈다.

"……사이토."

소파 아래에서 가사상태로 있던 사이토는 갑자기 머리 위에서 아카네가 말을 거는 소리에 벌떡 몸을 일으켰다.

"뭐, 뭐야? 설거지라면 다 했고 싱크대도 깨끗하게 해놨어. 다른 지저분한 장소가 있으면 맡겨줘! 난 집안일의 프로야!"

　필사적이었다. 무슨 수단을 쓰는 한이 있어도 어서 아카네의 분노를 잠재워야 했다. 그렇지 않으면 마을이 재앙에 잠길 것이다.

"딱히, 지금 당장 집안일을 하길 바라는 건 아냐."

"집안일이 아니라고?! 그렇다면 뭘 원해?! 돈?! 아니면 세계인가?!"

"세계 따윈 원하지 않아! 네가 무슨 마왕이야?!"

"살기 위해서는 마왕이라도 될 수 있어……."

　사이토는 조용한 투기를 내비치며 말했다.

"안 돼도 괜찮아!"

"그 정도로, 내 각오가 진심이라는 뜻이야."

"각오 같은 건 필요 없어. 쉬고 싶으면 쉬어도 되지만, 잘 거면 담요 정도는 덮는 게 좋을 것 같아서."

　아카네는 시선을 돌리면서도 한쪽 팔에 담요를 안고 있었다. 마치 사이토의 몸 상태를 걱정하는 것 같은 행동이었다.

"화, 화 안 났어……?"

두려움을 담아 던진 물음에, 아카네는 입술을 삐죽 내밀었다.

"화났지만, 이제 됐어."

"'너는 분노할 단계는 초월했으니 이제 됐다'라는 뜻이야?! 난 이미 늦은 건가?!"

"늦었다니 무슨 말이야?!"

"그 담요로…… 내 숨을 멎게 할 생각이지?! 아니면 피가 튀는 걸 막기 위해 가져온 거야?!"

사이토는 두려움에 몸을 떨었다.

발을 탕 구르는 아카네.

"왜 내가 널 죽여야 하는데! 자꾸 이상한 소리하면 진짜 죽인다?!"

"역시?!"

"역시라고 하지 마!"

아카네는 담요를 투석기처럼 흔들었다. 붕붕거리며 바람을 가르는 그 모습은 당장이라도 압도적인 힘으로 사냥감을 부숴버릴 기세였다.

왜 자신은 이런 전투 종족에게 반하고 만 것일까. 사이토는 의아했지만, 그럼에도 반해버린 것은 어쩔 수 없었다.

아카네는 담요를 옆에 두고 소파에 앉았다.

"안 잘 거라면 같이 뭔가 하자. 게임? 영화? 가끔은 텔레비전을 보는 것도 좋고."

"아, 응……."

역시 아카네의 모습이 이상하다며 사이토는 의심했다.

결혼한 지 얼마 되지 않은 아카네라면 이렇게 쉽게 무기를 내려놓지 않았을 것이다. 별거하기 얼마 전부터 아카네의 공격성이 줄어든 기분이었다.

"그럼…… 게임이라도 할까……?"

사이토는 당황하면서 소파에 걸터앉았다.

가까이 앉는 것은 부끄러워서 소파의 최대한 끝부분에 앉았다. 엉덩이는 반쯤 튀어나와 있고, 거의 다리 힘만으로 버티고 있는 수준이다.

"왜 그렇게 떨어져 앉아?"

아카네가 미심쩍은 얼굴로 사이토를 쳐다보았다.

"그건……."

이유를 직설적으로 말하면 호감이 있다는 사실을 아카네에게 들킬 것이다. 변명할 방법을 궁리하며 사이토는 학년 톱의 두뇌를 풀가동시켰다.

"나와 너 사이에는…… 이미 앉아 있는 녀석이 있잖아."

"힉?!"

아카네가 소파에서 굴러떨어졌다.

"아, 아무도 없어!"

"그런가…… 안 보이는 건가……."

사이토는 의미심장한 얼굴로 고개를 끄덕였다.

"안 보이냐니 뭐야! 아무도 없잖아!"

"아카네는 안 보이는데. 부딪치지 않게 조심해 줘."

"누구랑 얘기하는 거야?!"

흠칫 떠는 아카네.

사이토는 환한 미소를 지으며 허공에 맞장구를 쳤다.

"나도 알아~. 그거 말이지♪ 하지만 난 그레이비 소스가 더 듬뿍 들어간 쪽이 취향이야! 세상에~ 정말?!"

"혼자서 대화하지 마! 농담이지?! 어, 없지……?"

아카네는 확신이 서지 않는 모습으로 소파 팔걸이에 매달려 떨고 있었다. 간절한 표정으로 사이토를 보고 있는 것이 귀여웠다.

──이제 마지막이다!

사이토는 마음속으로 승리에 찬 주먹을 쥐었다. 무엇에 대한 승리인지는 자신도 전혀 모르겠지만, 어쨌든 이걸로 마지막이다.

"기다려. 조용…… 큰 소리를 내면 '녀석들'에게 들킬 거야……."

"녀, 녀석들……?"

아카네가 꿀꺽 침을 삼켰다.

"네가 집을 비운 사이에, 이 집에서 활개를 치게 된 '녀석들' 말이야. 봐, 바로 저기에……."

주방 쪽을 가리키는 사이토.

"어……?"

아카네가 주방으로 시선을 돌렸다.

그 어깨에, 사이토는 아기 손처럼 생긴 귤껍질——시세이가 놀러 왔을 때 먹고 버리고 간 잔해——를 살짝 얹었다.

"나, 나나나는 이 정도로 도망갈 여자가 아니야아아!"

아카네는 비명을 지르며 도망갔다.

목욕을 마친 사이토는 부부의 침대에서 머리를 쥐어뜯었다.

——나는…… 아카네와 자는 건가?! 내가 할 수 있을까?

수상한 요소는 일절 없지만, 반한 상대와 같은 침대에서 자고 일어난다는 이 상황은 동정인 사이토에게는 자극이 너무 강했다.

지금까지는 사무적이고 강제적인 결혼이라고 생각했기 때문에 그럭저럭 버틸 수 있었지만, 연정을 자각해 버린 이상 평소처럼 있기 힘들었다.

그러나 사이토가 너무 수상한 거동을 보이면 아카네가 겁을 먹을 것이다. 확실하게 그런 눈으로 보인다는 것을 알게 되면 아카네는 위협을 느끼고 숙면을 취할 수 없게 된다.

그렇게 되면 곤란하다. 드디어 두 사람의 집에 돌아와 줬으니, 아카네와 오래도록 평화로운 시간을 보내기 위해서는 '평소대로'를 관철해야만 했다.

그래서 사이토는 깨달음의 경지에 도달하기로 했다.

침대 위에서 책상다리를 하고 두 손을 모았다.

눈을 감고 정신을 통일하며 소수와 원주율을 동시에 반복해서 외웠다.

뇌의 전기 신호가 번쩍이고, 그에 맞춰 심장 맥박은 고요함으로 가득 찼다. 생각이 사라지고, 존재가 한없이 무에 가까워졌다.

아카네가 침실에 왔을 때 사이토는…… 완성되어 있었다.

"잘 왔다, 사쿠라모리 아카네. 인간의 아이들이여. 우주에 어서 와라."

조용히 미소 짓는 사이토. 마음은 잔잔한 바다처럼 평온하다.

"……?!"

아카네는 복도와 침실 사이 문턱에서 그대로 굳어버렸다.

"왜? 안 들어와?"

"드, 들어갈 건데…… 사이토야말로 어떻게 된 거야? 뭔가 상태가 이상한데……."

"확실히 이상하지. 이 세계는 불합리로 가득 차 있어. 하지만 그것이야말로 세계의 이치."

"세계 이야기는 안 했어! 한 번도 본 적 없는 산뜻한 미소인데…… 너, 원래 그런 얼굴이었어……?"

아카네는 흠칫 놀라며 침대로 다가왔다.

분명 낮에 사이토에게서 느낀 연애 감정이나 색욕이라는 불순한 것들로 인해 두려워하고 있을 것이다. 그녀를 안심시켜 주는 것이 배우자의 책무였다.

"나 호조 R 사이토는 모든 번뇌를 버렸다. 자기 과시욕, 승인욕, 금전욕, 권력욕은 물론이고 3대 욕구인 성욕, 식욕, 수면욕마저 사라졌지. 자, 세계가 내려준 침실에 들어와 마음 편히 잠들자."

"수면욕이 없으면 잠을 못 자잖아!"

사이토는 천천히 고개를 끄덕였다.

"정론이다. 하지만 정론 같은 것에 패할 호조 R 사이토가 아니다. R의 무게는 아주 무겁다."

"R의 무게라는 게 뭔데! 몇 그램?! 몇천 밀리그램?! 엄청 머리 좋은 것처럼 말하고 있지만 완전 바보 같아!"

"두려워하지 않아도 된다. 인간의 아이들이여."

"그 '인간의 아이들이여'는 뭐야! 난 한 명밖에 없어! 머리가 망가진 거야?! 너무 천재라서 드디어 뇌의 용량이 한계에 도달한 거야?!"

사이토는 두 손바닥을 우주로 향한 채 천장을 올려다보았다.

"우주와 연결되었다, 그것은 틀림없다. 만물이 하나가 됐을 때, 그곳에 개인의 존재 따위는 더는 필요 없어진다.

더는 고통도 고뇌도 없다. 너희들은 모든 것을 용서받은 것이다. 연약한 자들, 인간의 아이들이여."

"다시 돌아와! 돌아와, 사이토!"

아카네는 울먹이며 사이토의 머리를 쿵쿵 때려 고치려고 했지만, 변화는 없었다. 왜냐하면 사이토는 '완성'되었지, 결코 고장 난 것이 아니기 때문이었다. 그렇지 않고서야 이렇게까지 아카네와 접근하고도 평정심을 유지할 수 있을 리가 없다.

"됐으니까 이쪽으로 와라. 수면은 인간의 기쁨이다."

"까악?!"

당황하는 아카네를 침대에 눕히고 부드럽게 이불을 덮어주었다.

아카네는 이불 끝을 움켜쥐고 눈을 동그랗게 뜨고 있다.

"너, 넌 안 자……?"

"물론 자야지. 편히, 편히 쉬거라."

사이토가 미소를 지으며 이불에 들어가자, 그 몸이 아카네의 몸과 닿았다.

사이토의 팔꿈치에 닿은 것은, 정체 불명의 둥근 물체.

아니, 정체는 안다. 본능이 알려주었다.

"부드러운──?!"

포효와 함께 깨달음은 무산되었다.

목욕 후 머리에서 풍기는 새콤달콤한 향.

촉촉하게 물기를 머금은 피부의 괴로운 감촉.

잃었던 108의 번뇌가 무시무시한 기세로 사이토 안으로 흘러들어 왔다.

쿵쾅쿵쾅 거칠게 날뛰는 심장. 땀이 흘러내리고, 호흡이 가빠졌다.

"나는 나가겠어! 복도에서 잘 거야!"

침대에서 뛰쳐나가는 사이토.

"갑자기 왜 그래?! 침대에 들어오라고 한 건 너잖아!"

아카네가 사이토의 허리에 달려들며 말렸다.

그로 인해 쓸데없이 아카네의 둥근 부분이 사이토의 몸에 밀착되어 108가지 번뇌가 108배로 늘어났다. 도합 11,664의 번뇌였다.

"에잇, 이거 놔! 날 현혹하지 마!"

"현혹한 적 없어! 빨리 자라고 말한 거야!"

"아 베 케 데 에 에프게 하 이 카 엘엠엔오 페 쿠."

"무슨 소리를 하는 거야?! 주문?! 우리 집에서는 주문 금지야!"

몸을 떠는 아카네. 주문을 외며 검지와 중지를 세우고 있다. 영적인 공격에 대한 방어는 완벽하다.

"주문이 아니다. 라틴어 알파벳이다."

"왜 이 야심한 밤에 갑자기 라틴어 알파벳을 외우는 건데?!"

"정신의 안정을 위해서다!"

"반대로 불안정해져! 됐으니까 얌전히 자!"

아카네는 사이토를 침대로 끌어들였다. 대항해 시대의 선원들을 바다의 심연으로 끌어들이는 세이렌 같은 유인력이었다.

"큭…… 이 정도의 공격에…… 내가 쓰러질 리…….."

사이토는 80% 정도 쓰러졌다.

"정말 왜 그래? 열이라도 있어?"

"윽!"

아카네가 손바닥을 사이토의 이마에 갖다 대자 사이토의 몸이 흠칫 굳었다.

걱정스러운 얼굴로 가까이서 들여다보는 아카네가 너무 귀여웠다. 손바닥의 감촉이 너무 부드러웠다. 달콤한 입김이 너무 가까웠다.

"아픈 건…… 아니야. 건강해."

오히려 너무 건강해서 곤란했다. 이 건강함을 아카네에게 들킨다면 완전히 미움을 살 것이다.

사이토는 서둘러 아카네를 등지고 자신의 열정을 숨겼다.

"네, 네가 옆에 없으면 잠이 잘 안 온단 말이야. 사이토 때문이니까, 제대로 책임져."

아카네가 부끄러워하며 그렇게 속삭이더니 사이토에게 등을 돌렸다. 그 등은 사이토의 등에 딱 닿아 있었다. 타는 듯한 열기가 피부로 전해졌다.

"……윽!"

사이토는 말이 되지 못한 비명을 꾹 눌러 삼키며 달콤한 공기에 저항했다. 하지만 꿀보다도 더 달콤한 공기는 비강을 통해 흘러들어와 사이토의 몸을 아카네로 가득 채워나갔다.

오늘 밤은 제대로 잘 수 없을 것 같았다.

사이토가 시세이와 함께 학교 복도를 걷고 있는데, 반대편에서 아카네가 걸어왔다.

오똑한 콧날과 아름다운 이목구비.

커다란 눈망울에서는 강한 의지가 느껴지고, 연분홍색 입술은 촉촉하게 젖어 있다.

주름 하나 없는 교복에 감싸인 것은 가녀리면서도 우아한 곡선을 품은 몸.

항상 깔끔한 손질을 거르지 않는 머리가 아침 햇살을 받아 반짝였다.

——내 아내, 너무 귀여운 거 아닌가?!

사이토는 새삼 깨달았다.

물론 아카네의 외모가 뛰어나다는 것은 입학 초기부터 알고 있었고, 교내에서도 '입만 다물고 있으면 모델급 미소녀'로 유명했지만, 지금까지는 신경도 쓰지 않았었다.

외모 같은 것을 타인의 평가 기준으로 삼은 적도 없었고, 외모로만 따진다면 시세이나 고모 부부, 사이토의 부모도 평균 이상은 되었기 때문이다.

하지만…… 연정을 자각하자 모든 것이 달라졌다.

아카네가 귀엽다는 사실을 온몸이 실감하고, 거리가 가까워질수록 고동이 빨라졌다. 체온이 급격히 상승하면서 땀이 솟구쳤다.

이대로는 냉정하게 아카네를 대할 수 없을 것 같았다. 인사라도 받는다면 긴장해서 목소리가 뒤집혀 의심을 살 것이다.

"저, 저쪽으로 가자."

사이토는 시세이의 손을 잡고 왔던 길을 되돌아갔다.

"잠깐, 사이토?! 왜 도망가는 거야?!"

뒤에서 아카네의 불평이 울려 퍼졌지만, 대답할 여유조차 없었다. 그 불평조차 귀여워서, 뒤를 돌아보면 기세로 그만 좋아한다고 말해 버릴 것 같았다.

연애에 아무런 지식도 경험도 없는 사이토로서는 이런 미지의 감정을 어떻게 다루면 좋을지 짐작조차 할 수 없었다.

"오빠, 집에 갈 거야? 그럼 시세는 타코야키 파티를 하고 싶어."

"집에는 안 가! 타코야키 파티는 다음에 하자!"

"그럴 수는 없어. 시세의 입은 이미 문어가 됐어."

시세이는 문어처럼 쭉 내민 입으로 사이토의 가슴을 빨아들이고 있었다. 사이토의 가슴은 깨닫지도 못한 사이에 훤히 드러나고 말았다. 타코야키 대신 사이토에게서 영양을 섭취하려는 수작이었다.

"떨어져! 돌아가는 길에 타코야키 사줄 테니까!"

"당장 먹고 싶어. 오천억 개."

"어디로 그렇게 들어가는 거야!"

"시세의 위장으로 들어가."

"그야 그렇겠지!"

이 여동생의 위장은 물리 법칙을 뛰어넘었다.

사이토는 시세이에게 붙들린 채 우회 경로를 이용해 3학년 A반 교실에 도착했다. 아직 아카네의 모습은 보이지 않았다. 잠시 휴식을 취하며 정신력을 회복시킬 수밖에 없었다.

시세이는 무언가 말하고 싶은 얼굴로 사이토를 빤히 응시하고 있었다.

"왜, 왜 그래?"

어색한 얼굴로 묻는 사이토.

"오빠, 아카네랑 무슨 일 있었어?"

"아니…… 딱히."

"무조건 있었어."

사이토는 둘러댔지만, 시세이는 속아주지 않았다. 명탐

정처럼 턱에 손가락을 대고 고민했다.

"시세가 추측하건대……."

"추측하건대……?"

사이토는 땀이 흐르는 손을 꼭 쥐었다.

"아카네의 살인 현장을 오빠가 목격해 버렸다?"

"만약 그렇다면 나는 말 없는 시체가 됐겠지."

천적인 사이토를 입막음하는 일에 관해서라면 아카네는 그 어떤 주저함도 느끼지 않을 테니까.

시세이는 앙증맞게 팔짱을 끼고 고개를 갸우뚱했다.

"즉…… 이 오빠는 아카네가 만든 복제본?"

"아카네의 과학력이 너무 대단한데."

"시세는 슬퍼. 적어도 오빠의 복제본을 소멸시키는 것으로 애도해야 해."

시세이가 마법 지팡이 모양의 스턴건을 꺼내자, 사이토는 그것을 압수했다.

"안 해도 돼. 내가 오리지널이야."

"어제 없앤 복제본도 같은 소리를 했어."

"이미 내 복제본이 있다는 건가?!"

"나는 호조 사이토다삐! 죽이지 마라삐! 라고 마지막까지 소리쳤어."

"복제 완성도가 낮아!"

호조 그룹 연구소에서 멋대로 후계자 백업을 배양하고

있는 것은 아닌가 하는 불안이 들었지만, 다른 화제를 꺼낸 것은 감사했다.

사이토가 자신의 책상에 교과서와 노트를 정리하고 다시 쳐다보는데, 시세이가 가방 속을 들여다본 채 얼어붙어 있었다. 평소의 무표정한 시세와는 달리 경악으로 크게 뜨인 두 눈. 절망 이외의 아무것도 보이지 않는 공허한 눈동자.

"왜, 왜 그래?"

사이토는 무심코 그녀를 불렀다.

"도시락…… 깜빡했어."

"겨우 그 정도로 그렇게 세상이 끝난 얼굴을 한 거야?!"

"공복을 참느니 차라리 세상이 끝나는 게 나아."

"그 정도인가……. 점심은 학식으로 때우면 되잖아."

시세이는 가방에 머리를 쑤셔 넣었다.

"점심용 도시락은 잘 챙겨왔어. 잊은 건 식전 도시락."

"아아…… 스페어였나……."

작은 새에 필적할 만큼 식사 빈도가 많은 시세이였지만, 그렇다 해도 지금 시간대엔 학생 식당도 열지 않았기에 의지할 곳이 없었다. 먹는다면 스스로 도시락을 가져올 수밖에 없는 것이다.

"이대로면 시세가 아사해. 오빠의 도시락을……."

"안 줄 거야."

책상에 몰래 다가가는 시세이 앞을 사이토가 가로막았다.

모처럼 아카네가 준비해 준 수제 도시락이다. 게다가 이번에는 반 아이들에게 보여도 커플이라고 오해받지 않게 아침 식사 재료를 이용해 메뉴까지 바꿔주었다. 비록 상대가 소중한 여동생이라고 해도 양보할 수는 없었다.

시세이는 재빨리 사이토 뒤로 돌아갔다.

"걱정하지 않아도 돼. 전부밖에 안 먹어."

"'밖에'가 아니지! 내가 먹을 게 없어지잖아!"

사이토는 시세이를 안아 올려 책상에서 떨어뜨렸다.

"문제없어. 3성급 프렌치 케이터링을 준비해 줄게."

"네가 케이터링을 부르면 되겠네!"

시세이는 사이토에게 붙잡힌 채 시선을 들었다.

"오빠가 아카네의 사랑을 독차지하고 싶어서?"

"사, 사랑 같은 거 아니야!"

그런 말을 들으면 수제 도시락도 평상심을 유지하며 먹을 수 없게 될 것이다. 이것은 어디까지나 아카네가 제공하는 동거인을 위한 복리후생이지, 사이토에게 특별한 마음이 존재하는 것은 아니다.

한숨을 내쉬며 고개를 짓는 시세이.

"어쩔 수 없지. 오빠의 어리광을 받아주는 것도 여동생의 의무."

"어리광의 요소는 하나도 없었다고 생각하는데……."

"루이에게 전화해서 집에서 가져다 달라고 할게."

시세이는 사이토의 품에서 벗어나 스마트폰을 조작해 귀에 가져갔다.

"식전 도시락 하나."

간결한 명령이 내려짐과 동시에 교실 구석 청소용품 보관함에서 루이가 나타났다. 그 손에 비단 손수건에 싸인 도시락이 들려 있다.

"준비했습니다, 아가씨."

"너무 빠르잖아!"

설마 그런 곳에서 인간이 나타나리라고는 생각하지 못했던 사이토는 흠칫 놀랐다.

"스피드는 제 목숨이니까요."

루이는 태연하게 다가오더니 시세이 앞에 무릎을 꿇었다. 그러고는 공물을 바치듯 공손하게 도시락 꾸러미를 내밀었다.

"아가씨, 받으세요."

"음."

시세이는 진지하게 고개를 끄덕이고 받아들였다.

"여왕이냐!"

"시세이 님은 여왕님이십니다. 그것은 틀림없는 사실입니다."

단언하는 루이.

"넌 늘 청소용품 보관함에 들어가 있는 거야……?"

"설마요."

"그렇겠지……."

사이토는 가슴을 쓸어내렸다.

"천장이나 벽이나 마루 밑에도 숨어 있습니다."

"교실 곳곳에?!"

"아가씨를 지켜보기 위해서라면 저는 불이나 물에도 뛰어들 준비가 되어 있습니다. 아가씨의 자리 바로 밑에도 숨겨진 문이 있어서……."

별다른 이음새도 없는 마루에 루이가 손을 슥 가져가자, 마루가 튀어나오며 구멍이 나타났다. 구멍이 대체 어디까지 이어져 있는 것인지, 바닥이 보이지 않는 심연에서 차가운 공기가 흘러나왔다.

루이가 엄지손가락을 치켜들었다.

"여기서라면 아가씨의 허벅지 뒤를 훔쳐볼…… 아니, 마음껏 지켜볼 수 있습니다."

"폐쇄."

시세이는 마루를 온 힘을 다해 짓밟았다.

"그건 안 됩니다! 이곳을 폐쇄하면 아가씨의 안전을 확보할 수 없습니다!"

"구멍이 있는 쪽이 더 신변의 위험을 느껴. 폐쇄."

"무슨 일이 있어도 폐쇄하신다면, 저를 묻을 각오가 되셨습니까?!"

"됐어. 폐쇄."

마루 사이에 끼인 채 저항하는 루이와 인정사정없이 마루를 짓밟는 시세이.

"아가씨에게 묻힐 수 있다면…… 그것이야말로 제가 바라던 일! 저승에서 지켜보겠습니다!"

루이는 몸이 압축되는 상황에서도 신음 한번 내지 않고, 살짝 기쁜 얼굴로 침을 흘리고 있었다. 그 두 눈이 시세이의 허벅지 뒤쪽을 뚫어지게 바라보고 있었다.

"시세, 역효과야. 하면 할수록 이 녀석은 더 기뻐할 거야."

사이토는 시세이를 막았다.

"기뻐하지 않습니다. 아가씨께 꾸중을 듣는 것은 메이드의 특권입니다."

"본인 입으로 특권이라고 말했잖아!"

"어폐가 있었나요? 그럼, 메이드로서 삶의 보람입니다."

"더 심해진 것 같은데?!"

사이토와 루이가 티격태격하는 사이에도 시세이는 식전 도시락을 탐하고 있었다. 반 아이들은 '귀엽다~ ♪'라고 비명을 지르며 그것을 감상했다.

"내…… 소중한 비밀 기지가……."

루이는 명령받은 대로 박스 테이프로 마루를 봉쇄해 나갔다. 진심으로 슬퍼 보였다. 외모는 아름다운데 내면이 너무 아쉬웠다.

"넌 대체로 어디에나 있구나. 사파리 공원에 갔을 때도 만났었고."

"사파리? 무슨 말씀이신지?"

무표정한 얼굴로 눈을 깜빡이는 루이.

"아니, 있었잖아. 이유는 모르겠지만 사파리 버스에서 운전기사를 하고 있었어."

"전혀 기억에 없습니다. 저는 사이토 님을 코끼리의 제물로 바치려 한 적이 없습니다."

"거봐, 기억하고 있네! 역시 루이 너였지!"

루이는 혀를 차며 작은 소리로 중얼거렸다.

"거기서 죽였어야 했는데……."

"다 들리거든!"

"지금부터라도 늦지 않았다는 뜻인가요?"

"이미 늦었어!"

"늦지 않았습니다! 제 속도는…… 시간도 초월하니까요!"

"대사는 멋있지만 당할 순 없지!"

질풍처럼 달려드는 루이의 모습에 사이토는 시세이를 방패처럼 끌어안고 방어했다.

"마이써."

시세이는 두 사람의 다툼 따위에는 아랑곳하지 않고 볶음밥을 먹어치우고 있었다. 탁탁탁탁, 경쾌한 리듬감을 가진 젓가락질이었다.

"큭, 아가씨를 인질로 잡는 비겁한 짓을 하다니! 당신에 겐 인간의 마음이 없는 겁니까?!"

"인간을 코끼리의 제물로 삼는 녀석이 더 인간의 마음이 없다고 생각하는데?! 우리 일단 친척이잖아?!"

먼 친척이라고는 하지만 루이의 성도 호조였다.

"뭐라고요……? 친척……? 당신과 같은 피가 흐른다는 생각만으로도 소름이 끼칩니다만…….."

쓰레기를 보는 듯한 눈빛이었다. 사이토는 지금 당장 체내의 피를 모두 쏟아내고 사과하고 싶은 마음이 들었다. 그 정도의 위압이었다.

"넌 날 왜 그렇게 싫어하는 거야……. 내가 무슨 짓이라 도 했어?"

루이는 상냥한 얼굴로 미소 지었다.

"싫어하다니, 전혀 그렇지 않습니다. 역겨울 뿐입니다."

"그건 더 싫다는 거잖아!"

"당치도 않은 소리입니다. 하아…… 같은 공기를 마시고 싶지 않습니다."

"계속 심한 말을 하고 있어!"

"잘못 들으신 거겠죠."

"그런 것치고는 확실하게 들렸지만 말이지!"

"저는 사이토 님을 존경합니다. 사이토 님은 호조 가문의 차기 후계자, 저희 주인님의 주인이 되는 분이시니까요. 명령이라고 한다면 이 몸을 바치는 것도…… 부디 마음대로 농락하세요…….”

루이는 교실 바닥에 흐트러진 모습으로 앉더니 오열을 토해내며 손수건으로 눈물을 닦았다.

우는 방법부터가 이미 억지 눈물이었고, 사이토는 바로 직전에 루이가 하품한 것도 목격했다. 농락당하고 있는 것은 사이토 쪽이었다.

하지만 선량한 반 아이들은 그 기만을 간파하지 못했다. 그 즉시 약자(?)의 편에 서서 말로 사이토를 비난하기 시작했다.

“호조 군, 최악이야~.” “메이드에게 그런 짓을 시키다니!” “횡포다!” “여자의 적!” “다 같이 저주 인형을 만들 거야!” “우리들의 힘으로 호조를 주살(呪殺)하자!”

제멋대로 떠들고 있다.

어디서 가져온 것인지 이미 짚을 밟아 밧줄을 엮기 시작하는 아이가 있었다. 대장장이 기술을 가진 자는 대못의 단조를 시작하고 있었다.

그리고 그 원흉인 루이는 학생들에게 보이지 않는 각도에서 사이토를 향해 혀를 내밀었다.

사이토는 주살당하기 전에 교실에서 도망쳤다.

교실에 남겨진 루이에게 시세이가 가볍게 딱밤을 때렸다.

"루이, 너무해. 오빠가 불쌍해."

"불쌍한 정도가 딱 좋습니다. 저 남자는 최악의 쓰레기니까요."

루이는 이마를 누르며 몸을 일으켰다.

시세이에게 딱밤을 맞은 곳에서부터 서서히 기분 좋은 열감이 퍼져 나갔다. 사랑하는 주인에게 꾸중을 듣는 것은 나쁘지 않은 일이었다.

"오빠는 쓰레기가 아니야. 시세는 오빠를 좋아해."

"……알고 있습니다."

아플 정도로 알고 있다. 그렇기 때문에 루이는 사이토를 용서할 수 없었다.

이렇게 아름답고 가련하고 정이 많은 시세이를, 사이토는 연애 대상으로 생각하지 않고 있었다. 루이가 사이토였다면 결코 시세이를 놔주지 않고 온 힘을 다해 행복하게 해 줄 텐데. 그것이 분해서 참을 수 없었다.

"오빠가 이제야 깨달았어."

"네?"

"아카네를 향한 마음."

"영원히 깨닫지 못할 줄 알았는데요."

"……다행이야."

사이토가 달려간 쪽을 바라보며, 시세이가 중얼거렸다.

"아가씨……."

루이는 그 손을 꼭 잡아주었다.

시세이가 좀 더 욕심내 주기를 바랐다. 행복해지고 싶다, 다른 인간의 행복을 빼앗는 한이 있더라도 욕망을 충족시키고 싶다, 그렇게 바랐으면 했다.

시세이에게는 그만한 가치가 있었다. 아니, 이 세상 누구보다도 시세이에게는 가치가 있었다. 수렁의 밑바닥에서 루이를 주워 준 것은, 시세이였으니까.

"아가씨가 원하지 않는다고 해도…… 전……."

루이가 중얼거렸다.

2교시는 체육관에서 하는 농구 수업이었다.

자신 팀의 경기가 끝난 사이토는 체육관 구석에 앉아 휴식을 취했다.

다른 팀의 경기를 구경했지만, 정보량이 적어 지루했다. 대기 중에는 독서라도 하게 해 주면 좋을 텐데, 예전에 그렇게 했다가 선생님께 혼난 적이 있어 자제하고 있었다.

시간을 효율적으로 활용하기 위해 바닥에서 잠을 잔 적도 있었는데, 당시 코트 밖으로 뛰쳐나온 반 아이에게 밟혀 갈비뼈가 부러질 뻔했기에 누울 수도 없었다. 그저 무의미한 시간이었다.

사이토가 멍하니 있는데, 머리에 농구공이 얹어졌다.

"……?"

시세이가 장난이라도 치는 건가 싶어서 시선을 들었지만, 그곳에 있던 사람은 아카네였다. 팔에 안은 농구공을 사이토 머리에 짓누른 채 불만스러운 얼굴로 볼을 부풀리고 있었다.

"왜, 왜 그래?"

사이토는 고동이 빨라지는 것을 느꼈다.

"교실에서, 루이 씨랑 무슨 얘기 나눴어?"

"별 이야기는 아니었는데……."

"무슨 얘기 나눴어?"

집요하게 물어오는 아카네. 궁금해 못 참겠다는 분위기를 풍기고 있다. 정보를 얻기 전까지는 넘어가주지 않을 것 같았다.

"우리들이 사파리에 갔을 때, 루이가 버스 기사를 하고 있었다는 이야기라거나……."

"그랬어?!"

아카네가 눈을 동그랗게 떴다.

"몰랐어?!"

"달려드는 코뿔소가 너무 귀여워서 정신없이 보느라."

"달려들었는데?!"

"고양이가 달려들어도 귀여울 뿐이잖아?"

"코뿔소가 달려들면 위험할 뿐인데?!"

"괜찮아. 대자연의 동료니까."

"대자연은 잔인한 법이야!"

역시 동물을 아주 좋아하는 아카네다웠다. 머리는 좋으면서 묘한 곳에서 엉뚱했다.

——그런 점도 귀여워!

사이토는 그렇게 생각하고, 자기 머릿속의 바보스러움에 한숨을 내쉬었다.

호감을 자각한 이후부터는 아카네가 하는 모든 일이 전부 다 귀엽게만 보였다. 예전에는 그렇게나 열받는 부분만 눈에 띄었는데, 인간의 감정은 도무지 이해할 수 없다.

사이토 옆에 아카네가 무릎을 꿇고 앉았다.

"넌 체육 별로 안 좋아하지?"

"뭐…… 머리가 한가해지니까. 하지만 건강한 심신 발달을 위해서는 적당한 운동이 필요하다는 것도 알고 있어."

"말투가 할아버지 같아."

"고등학생이야. 젊었을 때 제대로 된 몸의 기틀을 잡아 두지 않으면 나이 들어서 고생하니까."

"역시 할아버지 같아."

아카네와의 거리가 너무 가까워 사이토는 불편했다.

평소에는 노출이 적은 아카네가 오늘은 체육복 반바지를 입고 있는 탓에 무릎이 드러나 눈부셨다.

거즈처럼 얇은 반팔 셔츠 너머로 소녀의 달콤한 피부 냄새가 풍겨 왔다. 몸의 라인이 가려지지 않아서 둥근 어깨나 가슴의 라인이 선명하게 보였다.

어색함에 사이토가 몸을 일으키려던 순간이었다.

"그렇게 심심하면…… 그, 저기…… 나랑 대화라도 하면 좋지 않을까?"

아카네가 사이토의 셔츠를 꽉 쥐었다.

"컥——."

사이토는 피를 토할 뻔했다.

아카네의 몸짓이 너무나도 사랑스러워서, 그 파괴력을 견딜 수 없었다. 아카네가 부끄러운 얼굴로 고개를 숙인 채 힐끔힐끔 사이토를 바라보았다.

그때 경기 중인 코트에서 날아온 공이 아카네의 머리에 직격했다.

"냐악?!"

퍼엉! 하고 가벼운 소리를 내며 아카네의 머리가 튕겨나갔다. 그 기세로 인해 아카네가 사이토의 품에 쓰러졌다.

"아카네?! 괜찮아?!"

"윽, 뭐야……."

아카네는 눈물을 흘리며 몸을 떨었다.

미안하다며 달려오는 반 아이를 사이토가 노려보았다.

"위험하잖아! 눈에 맞았으면 어쩔 뻔했어!"

"딱히 괜찮아…… 그 정도는 아니었어."

"아카네가…… 화내지 않는다고? 평소라면 반 친구를

체육관 바닥에 묻어버렸어도 이상하지 않았을 텐데……."

"안 묻어……."

아카네는 사이토의 무릎 위에 쓰러진 채로 일어나려 하지 않았다. 드러난 팔, 그 서늘한 맨살이 사이토의 다리에 밀착되어 사이토의 심장이 두근거렸다.

"보, 보건실에, 데려가줄까?"

"고작 이 정도로 치료는 필요 없어."

몸을 일으키는 두 사람.

"그래……."

"응……."

달콤하고 숨 막히는 분위기가 두 사람 사이에 감돌았다.

그 맑은 눈동자가 빤히 응시해 오자, 숨기고 있던 마음을 들킬 것 같아 사이토는 아카네와 눈을 마주칠 수 없었다.

"그럼……."

결국 참지 못하고 아카네에게 등을 돌렸다.

"아, 잠깐……."

불러 세우려는 아카네.

사이토는 서둘러 떠났다. 귓속에서 맥동이 시끄럽게 울리고 있어 더 이상의 대화는 이어갈 수 없을 것 같았다. 그녀를 싫어한다고 생각했을 땐 아무렇지도 않게 서로 말다툼했었는데.

빠르게 걷는 사이토 옆으로 히마리가 달려와 나란히 섰다.

"사이토 군, 아카네한테서 도망치는 거야?"

"뭐, 맞아."

틀린 말은 아니었다.

"그러면 나랑 같이 도망가자 ♪"

"자, 잠깐……."

히마리는 사이토의 손을 잡고 즐거운 얼굴로 달려갔다. 빠져나갈 수 없게 손을 꽉 잡고, 거절은 허락하지 않겠다는 듯 빠르게 체육 창고로 뛰어든다.

창고 안은 땀과 쇳내로 가득하고, 약간 서늘했다.

각종 구기용 공이나 평균대, 뜀틀, 접힌 매트 같은 것이 질서정연하게 쌓여 있었다.

히마리가 금속으로 된 미닫이문을 닫자, 세월의 녹이 벗겨지는 소리가 들렸다. 입구의 문을 등 뒤에서 닫은 히마리가 몸을 굽혔다. 늘어진 금발이 얼굴을 가리며 흔들렸다.

"사이토 군, 아카네를 의식하고 있지?"

"어……?"

어떻게 눈치챈 거지? 사이토는 등골이 서늘해지는 느낌을 받았다.

그 마음속의 의문마저 들린 것처럼, 히마리는 말을 이었다.

"알 수밖에 없지. 좋아하는 사람에 관한 일인데. 아, 거짓말해도 소용없어. 이건 이미 내 마음속에서 확정된 사항

이니까."

해명하려던 말을 사이토는 목구멍으로 삼켰다. 사람의 심리 조작에 관해서는 누구보다 능한 히마리가 보기엔, 사이토의 감정을 헤아리는 정도는 식은 죽 먹기였을 것이다.

"이 일, 아카네한테는……."

"말 안 할 거야. 난 나쁜 아이니까."

히마리가 키득키득 웃었다.

"말하는 쪽이 나쁜 아이 아닌가?"

아카네가 불쾌함을 느끼고, 사이토의 생활이 무너질 테니까.

"그렇지 않아. 입을 다물고 있는 게 나쁜 거야."

"왜?"

"왜일까?"

히마리는 요염한 미소를 지으며 사이토에게 다가왔다.

밀폐된 공간에서 접근하자 어른스러운 향수 냄새가 히마리의 목덜미에서 강하게 풍겨왔다. 창고의 공기는 서늘한데, 히마리의 주위만 열기로 가득했다.

사이토가 뒤로 물러서자 쌓인 매트 더미에 발이 닿았다.

"나 말이지, 이대로 끝내기엔 좀 분해."

"뭐가?"

사이토의 질문에 히마리는 대답하지 않았다.

그 눈은 조용히 사이토를 바라보고 있었고, 확고한 결의가 담겨 있었다.

"결과는 변하지 않더라도, 과정은 바꿀 수 있어. 아니, 사이토 군의 마음에 미미한 자국을 남기면, 언젠가 전부 뒤집을 수 있을지도 몰라. 10년 후, 어쩌면 20년 후에 독이 효과를 미칠지도 모르지. 그러니까…… 이건 내 마지막 발악이야."

히마리가 사이토에게 뛰어들었다. 뒤로 쓰러지는 사이토, 그 위로 올라타는 히마리. 풍만한 신체가 올라타자 히마리의 향기가 사이토를 가득 채웠다.

사이토는 히마리를 밀어내려고 했다.

"나는 아카네를……."

"그런 건 상관없어."

말을 끝내고, 히마리가 사이토의 입술을 막았다. 두 사람의 치아가 부딪히며 소리를 내고, 히마리의 달콤한 꿀이 사이토의 안으로 흘러들어왔다.

그것은, 정말로 히마리가 자신의 독을 사이토에게 주입하려는 것 같았다. 부드러운 몸을 문지르고, 서로 녹아내릴 정도로 달라붙으며, 유전자의 흔적을 새겨갔다.

"사이토 군은 날 잊을 수 없어. 앞으로 몇 번이나 아카네와 키스하더라도, 그때마다 나와의 키스를 떠올릴 거야."

"나와 아카네는 그런 관계가……."

사이토의 말을 히마리는 듣지 않았다.

마치 홀린 듯한 눈빛으로 사이토를 바라보며, 입술과 입술을 맞대고 뜨겁게 속삭였다.

　"언젠가 반드시, 사이토 군과 아카네는 파국을 맞이할 거야. 난 누구보다 아카네의 성격을 잘 아니까, 알아. 두 사람은 절대로 잘 될 수 없어. 그렇게 되면 나한테 와. 나는 사이토 군이 원하는 건 전부 줄 수 있으니까."

　귀를 녹이고, 영혼을 어지럽히는 달콤한 말.

　"전부라니……"

　"나는 사이토 군에게 배신당해도 화내지 않아. 상처받아도 화내지 않아. 사이토 군은 아무것도 하지 않아도 되고, 아무것도 느끼지 않아도 돼. 내가 사이토 군의 벽이 돼서, 이 무서운 세계에서 사이토 군을 지켜줄 거야. 내가 사이토 군의 어리광을 모두 받아줄게."

　히마리가 사이토를 내려다보며 말했다.

　모든 것을 빨아들이는 듯한 블랙홀 같은 사랑. 평소에는 온화한 그녀가 쏟아내는 격렬함에 사이토는 소름이 돋았다.

　"너랑 사귀면 쓸모없는 인간이 될 것 같네."

　"그렇게 되면 사이토 군은 더는 어디에도 갈 수 없겠지? 그럼 쓸모없는 인간이 돼 버려."

　히마리가 장난스럽게 웃으며, 손바닥을 움직여 사이토의 눈을 가렸다. 아무것도 보이지 않게 된 사이토의 목덜미에, 따뜻하고 축축한 감촉이 기어갔다.

그때, 입구의 미닫이문이 힘차게 열리는 소리가 났다. 어두운 체육 창고에 바깥의 빛과 바람이 쏟아져 들어왔다.

입구에 서 있던 것은 루이였다.

"이쪽입니다, 아카네 님."

어째서인지 루이에 의해 끌려온 것은, 아카네였다. 분노한 얼굴로 우뚝 서 있다. 두 팔에 끌어안은 무수한 농구공은 무기일까.

"아아, 시간이 다 됐네."

히마리가 머리의 흐트러짐을 고치면서 사이토 위에서 일어났다.

"사, 사이토……. 이런 곳에서, 히마리랑 뭐 하는 거야?"

부들부들 몸을 떠는 아카네.

"그건……."

정황상 변명할 길이 없었다.

루이가 아카네의 귓가에 속삭였다.

"아카네 님, 저것은 인간 쓰레기입니다. 죽여 버리죠. 증거 인멸이라면 제가."

"루이 씨가……?"

"부추기지 마!"

사이토는 뜀틀 뒤에 숨어 방어 태세를 취했다. 폭주 드래곤인 아카네와 폭주 메이드인 루이가 팀을 이루면 감당할 수 없었다.

"으음…… 사이토 군, 힘내!"

주먹을 힘차게 쥐는 히마리.

"히마리도 좀 도와줘!"

"물론이지! 아카네에게 당해서 너덜너덜해진 사이토 군을 천천히 위로해 줄게! 고등학교를 관두고 단둘이서 이 세계의 끝까지 달려가자!"

"그렇게 되기 전에 도와줘!"

히마리의 제안으로는 파멸적인 미래밖에 보이지 않았다.

"……미안해, 아카네."

히마리는 쓸쓸한 얼굴로 말하고 체육 창고에서 떠났다.

유일하게 내 편이 되어 줄 것 같았던 사람이 사라지고, 사이토는 사면초가 상황에 놓였다.

"어머, 신기하게 이런 곳에 딱 좋은 물건이 있네요……?"

루이가 메이드복 자락을 들추더니 허벅지에 장착된 홀스터에서 금속 물체를 꺼냈다. 권총이었다.

"누가 경찰을! 경찰을 불러줘!"

사이토의 상식적인 외침은 그 누구에게도 닿지 않았다.

아카네가 인상을 찌푸렸다.

"난 총 써본 적 없는데……."

"괜찮습니다. 제가 자세히 알려드릴 테니까요."

아카네의 손에 루이가 권총을 들려주었다.

"루이 씨는 친절하시네요."

"나한테도 친절하게 대해 줘!"

이대로는 체육 창고에 파묻혀 인생이 끝나버릴 것이다.

올바른 판단을 내린 사이토는 창문을 통해 교정으로 탈출했다.

격분한 아카네에게 접근하는 것은 위험했다. 생명이 위험한 것도 물론이지만, 말다툼이 격해져서 수습이 불가능해질 가능성이 높았다.

그렇다고 해도 사이토에게는 돌아갈 집이 없었고, 더 이상은 아카네와 별거하고 싶지 않았다. 사이토에게 있어서는 현재 아카네와 살고 있는 집이야말로 자신이 돌아갈 집이었다.

어떻게 하면 좋을까 고민하는 사이에 해가 저물었고, 결국 귀가한 것은 밤늦은 시간이었다.

만일의 경우를 위해 (총격 등을 당했을 때를 대비해) 학생 가방을 앞에 들고 사이토가 조심조심 현관의 문을 열었다.

"어서 오세요 ♪"

그러자 아카네가 현관 매트 위에 얌전히 무릎 꿇고 앉아 기다리고 있었다. 교복 위에 앞치마를 두르고 천사 같은 미소를 짓고 있다.

하지만 이상했다. 아카네가 웃는 얼굴로 사이토를 반겨

줄 리가 없으니까.

——이건 함정이다!

사이토의 본능이 경고했다. 합리적인 사고를 중시하는 사이토였지만, 고등학교에 와서 아카네와 교류를 시작한 이후부터 동물적인 본능이 발달한 상태였다.

"화난 거…… 아니야?"

"화 안 났어!"

아카네는 명랑하게 말했다. 동공이 완전히 풀려 있었다.

——역시 죽음이다!

사이토는 확신했다.

슬쩍 뒤로 물러나 문으로 탈출하려 했지만, 그 전에 물 흐르듯 자연스럽게 다가온 아카네가 잠금을 걸어버렸다.

아니, 전혀 자연스럽지 않다. 아카네의 한 손은 사이토의 팔을 움켜쥐고 만력처럼 꽉 조이고 있었다. 가련한 소녀임에도 고릴라 같은 악력이었다.

아카네가 활짝 웃었다.

"갈까……?"

"네."

사이토는 즉각 고개를 끄덕였다.

거역하면 끝이다. 공포 때문에 드는 착각일지도 모르지만, '종언'이라는 두 글자가 아카네의 얼굴에 새까만 먹으로 적혀 있는 것 같은 기분이 들었다.

아카네는 온화하게 물었다.

"저기…… 사이토? 인생은, 즐거웠어……?"

"그 정도는…….”

"다행이네, 마음껏 즐겼다니."

"그래, 대화할 마음이 없구나…….”

사이토는 포기의 경지에 이르렀다.

얌전히 아카네에게 끌려가 주방으로 들어가자, 테이블에 최후의 만찬이 준비되어 있었다.

야채 샐러드에 채소볶음, 채소수프. 고기를 가장 좋아하는 사이토를 향한 적의가 느껴지긴 했지만, 거기까지는 평범한 요리였다.

하지만 요리 주위에 놓인 옵션이 이상했다. 타바스코, 고추, 와사비, 머스터드, 고추기름 등 매운맛만 가득했다. 더는 옵션이라고 할 양이 아니었다. 향신료가 메인 디시였다.

"얼른 먹어♪”

아카네는 변함없이 미소 짓고 있었다. 그러나 그 미소에서 뿜어져 나오는 압박감은 총알마저 팝콘처럼 으깨버릴 만큼 흉악했다.

"요리만 먹어도…… 되는 거지?"

사이토는 밑져야 본전이라는 마음으로 확인했다.

"맛있게 먹어♪"

아카네는 더 많은 향신료의 산을 테이블에 쿵 내려놓았다.

어디서 구해 온 것인지 아카네의 얼굴보다 더 큰 상자에 담긴 고추였다.

——어쩔 수 없다…… 이걸로 휘몰아치는 아카네신의 분노를 다스릴 수 있다면!

사이토는 옛 마을 사람들이 신에게 바치는 산제물이 된 기분이었다.

요리에 온갖 타바스코와 고추와 와사비와 머스터드와 고추기름을 부은 뒤 심호흡을 하고 한번에 먹었다.

구강 폭발.

그런 표현밖에 나오지 않을 수준의 충격과 고열과 극심한 통증이 사이토를 덮쳤다. 분명 혀로 맛을 느끼고 있을 텐데 머리까지 아팠다. 폭염이 온몸으로 퍼져 나가며 손발이 활활 타올랐다.

"매…… 맛…….'

그게 사이토의 마지막 말이었다.

"사이토?! 사이토!"

아카네의 비명이 들리고, 새하얀 세계에서 의식을 되찾았다.

정신을 차려보니 사이토의 입안에 호스가 박혀 있었다. 지금 막 아카네가 수도꼭지를 틀기 직전이었다.

"잠깐, 잠깐! 뭘 하는 거야!"

"위세척!"

"아마추어가 하지 마!"

"괜찮아, 난 프로야! 어렸을 때 인형을 사용해서 소꿉놀이로 연습했으니까!"

"대체 무슨 소꿉놀이를 한 거야! 그냥 우유나 줘! 매운기가 줄어드니까!"

"우유는 마침 떨어져서…… 고추기름이라면 많이 있는데……."

수줍게 커다란 병에 든 고추기름 가져오는 아카네.

수줍게 할 만한 행위도 아니었고, 사이토의 생명은 바람 앞의 등불이었다.

"이 이상 고추기름은 필요 없어! 우유가 없다면 프로틴을 마시게 해 줘!"

"딸기로는 안 될까?!"

"딸기가 무슨 의미가 있어!"

"맛있잖아?!"

"긴급 사태에 맛은 필요 없어! 지금은 프로틴이다!"

"알았어!"

아카네는 당황한 나머지 찬장 밑에서 프로틴 봉투를 꺼내 사이토의 입에 대량의 분말을 쏟아부었다. 물로 녹여준다는 자비는 없었다. 순도 100%의 프로틴이다.

"으극?! 으그그극?!"

처리 불가능한 분말의 양에 모락모락 구름 발생기가 되어버린 사이토.

다시 한번 의식이 날아갈 것 같았지만, 의지의 힘으로 가까스로 버텼다. 호스에서 물을 벌컥벌컥 마시고 생환했다.

"후우…… 역시 프로틴은 모든 걸 해결하는군."

사이토는 절실함을 담아 중얼거렸다.

본래 매운 요리를 먹었을 때 유제품을 마시면 좋다고 알려진 이유는, 유제품에 포함된 카제인이 매운 성분인 캡사이신을 중화시켜주기 때문이었다.

그렇다면 유청과 카제인이 듬뿍 들어간 프로틴에도 유사한 효과가 있다고 추정했고, 사이토의 계산은 맞았다.

어릴 때부터 변함없이 프로틴만큼은 사이토를 배신하지 않았다. 몇 번이고 사이토의 생명을 구해 준 것은, 우리의 신 프로틴 님이었다.

아카네는 커다란 프로틴 봉지를 안고 축 늘어져 있었다.

"미안해…… 설마 진짜 그 많은 양의 향신료를 먹을 줄은 몰랐어……."

"먹지 않으면 전신의 모든 구멍마다 고추를 쑤셔 넣을 것 같아서……."

살해당하는 것보다는 죽는 것이 편했다. 그런 절박한 생각에서 내린 판단이었다.

기절한 사이토를 보고 놀라며 화가 가셨는지, 아카네는

아까보다 더 차분해 보였다. 정식으로 사과한다면 지금이 기회였다.

사이토는 테이블에 양손을 대고 고개를 숙였다.

"낮에는 미안해. 히마리와 있었던 일은……."

"그건 아무래도 상관없어. 네가 다른 애들이랑 달라붙어 있는 건 늘 있는 일이니까."

"윽……."

쓰레기 해충에게는 아무 기대도 하지 않는다는 눈이었다. 사이토는 매운 요리를 먹었을 때보다도 더 막대한 피해를 입고 말았다.

"그보다…… 내가 슬펐던 건, 다른 거야."

"뭐, 뭔데?"

아카네는 부끄러운 얼굴로 몸을 움츠린 채 손을 꼭 쥐고 바닥을 응시했다.

"그, 그게…… 요즘, 사이토가 날 피하는 것 같은 느낌이 들어서…… 그게 슬펐어. 그런데 히마리와는 그렇게 붙어 있고. 그래도, 아내는 난데……."

마지막은 사그라들 정도로 작은 목소리였다.

"내가, 피하지 않았으면 좋겠어……?"

"시끄러워. 알면서 묻지 마."

고개를 돌리고, 토라진 것처럼 입을 삐죽 내밀었다. 아카네의 귀는 새빨갰다.

"……윽."

너무 귀엽다.

조금 전까지와는 다른 의미로 사이토의 심박수가 올라갔다. 이건, 질투라고 불러도 되는 것일까. 자의식 과잉은 아닐까.

아카네가 사이토에게 다가가 물끄러미 그를 올려다보았다.

"왜, 날 피하는 거야……? 돌아와달라고 한 말은, 거짓말이었어……?"

불안한 얼굴로 입가에 얹어진 작은 손. 애처롭게 흔들리는 눈동자.

아카네의 슬픔이 전해져 사이토는 가슴이 아팠다.

솔직한 마음을 내뱉는 것은 두려웠다. 하지만.

더 이상 그녀를 슬프게 하고 싶지 않았다.

"……부끄러워서 그랬어."

그래서, 사이토는 자백했다.

"부끄러웠다니, 뭐가……?"

"같이 살고 있다는 것도 그렇고……."

"뭐…… 지금 와서……?"

아카네가 눈을 동그랗게 떴다.

"네가 필요하다고 말한 것도. 그렇게 말하니까 마치……
프러포즈 같잖아."

"그……."

입 밖으로 내뱉고 나자, 사이토의 목덜미가 타들어갈 것처럼 뜨거워졌다. 이제 와서 자신만 의식하고 있다는 사실에 대한 수치심이 온몸을 짓눌렀다.

"그, 그럼…… 나랑 같이 있는 건…… 싫지 않아?"

아카네는 볼을 물들이며 물었다.

"같이 있고 싶어서, 돌아와 달라고 한 거야."

"나랑 붙어 있는 거…… 싫지 않아?"

"……응."

싫을 리가 없다.

"그럼, 증명해 봐."

아카네가 사이토의 셔츠를 움켜쥐었다.

"어?"

사이토의 목소리가 뒤집혔다.

"나랑 붙어 있어줘."

"그건……."

"자!"

망설이는 사이토를 아카네가 울 것 같은 얼굴로 노려보았다. 그녀가 내민 손이 긴장으로 떨리고 있었다.

자신이 좋아하는 아이에게, 이런 얼굴을 하게 만들고 싶진 않았다.

사이토가 결심을 굳히고 아카네의 손을 잡자, 아카네는

사이토의 가슴에 머리를 갖다댔다. 아카네의 머리카락이 셔츠에 스치는 가벼운 소리. 뒷머리 사이로 새하얀 목덜미가 드러났다.

시계 소리, 냉장고 작동 소리가 유난히 시끄럽게 울려 퍼졌다.

둘만의 집, 둘만의 공간.

거칠어지는 심장 소리를 아카네에게 들킬 것만 같아서, 사이토의 몸이 굳었다.

"이제…… 괜찮을까?"

"안 돼."

"안 된다니……."

"떨어지면, 화낼 거야."

어리광을 부리듯 아카네가 속삭였다.

숨 막히는 밤이 깊어만 갔다.

디저트 뷔페 체인점 내부는 학교가 끝나고 들른 여학생이나 회사를 마치고 온 여성들로 오늘도 북적였다.

아카네와 마호가 선택한 테이블에는 딸기 판나코타, 딸기 타르트, 딸기 무스, 딸기 스무디, 딸기 마카롱 등 딸기 디저트가 가득 놓여 있었다.

아카네는 딸기 쇼트케이크를 한 입 베어 물며 말했다.

"그 후로는 잘 때까지 사이토랑 붙어 있었어! 사이토가 나랑 같이 있고 싶대! 싫어서 피했던 게 아니었대! 이건 사이토가 날 좋아한다는 뜻 아닐까?! 응? 응? 마호는 어떻게 생각해?!"

"응응, 좋아하는 것 같네~. 찐사랑이네~."

마호는 포크를 흔들거리며 건성으로 대답했다.

"진지하게 생각해 줘! 난 진지하게 물어본 거야!"

"그치만 언니가 아까 학교 나온 뒤부터 계속 오빠 자랑만 하니까."

지긋지긋하다는 얼굴로 그렇게 말한다.

"자, 자랑한 적 없어!"

"자랑하고 있어~. 계속 오빠 얘기만 했잖아. 언니가 오빠를 엄청 좋아한다는 건 이제 알았어~."

"조, 좋아하지 않아! 그런 녀석!"

"네네."

아카네가 휙 하고 고개를 돌려도 마호는 속아주지 않았다. 언니라기보단 작은 동물을 바라보는 듯한 따뜻한 시선을 보내온다.

아카네는 딸기 스무디를 마시며 볼의 열기를 식히려 했지만 좀처럼 체온이 떨어지지 않았다. 여동생 앞에서 여유 없는 모습을 보인 것 같아 부끄러웠다.

마호가 탄식했다.

"아아, 예전의 언니가 더 멋있었는데. '인류는 모두 죽인다, 특히 오빠는 반드시 죽인다!'라는 느낌이라서."

"그게 멋있어……?"

"멋있었어~. 마왕 같아서."

"난 마왕이 아니야……."

일단은 평범한 여고생이었다.

마호가 아카네에게 달려들었다.

"뭐, 흥분한 지금의 언니도 귀엽고 좋지만!"

"흐, 흥분한 적 없어!"

부정하는 아카네의 목에 마호가 코끝을 문질러 쿵쿵거린다.

"흥분했잖아~. 완전 여자의 향기가 나는걸! 어젯밤에도 오빠랑 밤새 한 거지?"

"뭐뭐뭐뭘 했다는 거야?!"

"에이, 다 알면서~. 언니 어른 다 됐네♪"

마호가 장난스럽게 웃으며 아카네의 가슴을 쿡쿡 찔렀다.

"자, 잠깐……."

여동생의 성희롱을 막아야겠다고 생각했지만, 몸이 단단히 고정돼서 벗어날 수 없었다. 분명 체력이 없는 동생인데, 언니를 향한 붙잡기 기술만은 빈틈없이 완벽했다.

"하지만 나만 따돌리는 건 슬프네~. 언니, 이번에는 나도 더해서 '3P'하자!"

"삼피……? 가, 뭔데……?"

아카네는 듣도 보도 못한 단어였다.

우히히, 하고 마호가 웃었다.

"그건 말이지~ 언니랑 오빠랑 나 셋이 사이좋게 뒹굴거나, 밤새 딱 붙어서 즐겁게 노는 거야."

"그렇구나……. 완전히 이해했어! '삼피'하자!"

아카네가 크게 고개를 끄덕였다.

사이토도 좋아하지만, 마호도 태어났을 때부터 정말 좋아하는 존재였다. 이왕이면 셋이 즐겁게 지내는 편이 좋았다.

"정말?! 신난다! 약속이야!"

"응, 약속."

마호가 내민 새끼손가락에 아카네는 손을 걸고 약속했다.

왠지 마호의 눈동자가 기묘하게 반짝거린 것 같은데, 기분 탓이겠지. 귀여운 악마와 돌이킬 수 없는 계약을 맺어버린 것 같기도 하지만…… 약속은 지켜야 했다.

아카네는 딸기 마카롱을 반 정도 베어 물고 잼의 단면을 바라보았다.

"사이토의 마음을…… 알고 싶어. 아무것도 모르고 있으면, 앞으로 나아갈 수 없는걸."

"아, 언니 엉큼해♪ 진도를 나가고 싶구나♪"

"놀리지 마."

나아가고 싶은 것은, 당연하다.

이런 가짜에 형식적인 결혼이 아니라, 더 나아가 진짜가 되고 싶었다. 아카네의 부모님처럼, 서로를 소중히 하는 관계가 되고 싶었다.

아카네의 간절한 바람이 전해졌는지, 마호는 언니 놀리기를 그만두고 자신의 자리에 다시 앉았다. 검지를 입가에 대고 사랑스럽게 고개를 갸우뚱한 채 생각에 잠긴다.

"음, 그렇구나. 그렇다면 오빠로 실험을 해 보면 좋지 않을까?"

"사이토한테 실험을……? 전해질 용액에 담가서 전류를 흘려보낸다거나……?"

"오빠가 죽을 거야!"

"사이토라면 괜찮아. 건강하니까."

"어떤 건강한 사람이라도 죽어!"

"그럼 상어로 가득한 수조에 사이토를 빠뜨려서……."

"그쪽도 죽어!"

"마음을 자백할 때까지 몰아세우면 되는 거잖아?"

"그건 심문이지!"

"아니, 고문이야."

아카네는 평온한 얼굴로 미소 지었다.

"그게 아니라, 두근거릴 만한 일을 오빠한테 해 보고, 그 반응을 살펴보라는 거야. 그걸로 오빠 얼굴이 빨개지거나 언니를 덮치거나 하면 언니를 좋아한다는 뜻 아니겠어?"

"더, 덮쳐……?"

아카네는 무심코 그런 사이토의 모습을 상상했지만, 수치심에 불타 죽을 것 같아 생각을 멈췄다. 이건 안 된다. 생각하면 지는 거다.

"하지만 사이토도 남자애니까, 딱히 좋아하지 않아도 덮칠 수 있지 않을까?"

"으음, 그건 아니야. 나도 오빠한테 여러 가지 시도를 해 봤는데, 완전 무반응이었어. 이 초절정 미소녀 마호를 무시한 거야?! 말도 안 되지 않아?!"

갑자기 화를 내는 마호.

"음…… 구체적으로는 사이토한테 뭘 했는데?"

"아차, 이 이상은…… 우히히."

마호는 입을 손으로 가리고 웃었다.

"정말 뭘 한 거야?!"

"언니의 상상에 맡길게!"

"상상하고 싶지 않아!"

"내가 오빠 바지를…… 말할 수 있는 건 여기까지야!"

"거기까지 말했으면 끝까지 말해~!"

아카네는 울먹이며 마호의 어깨를 흔들었지만, 마호는 즐거운 얼굴로 웃기만 하고 입을 열지 않았다. 이 아이는 언니를 놀리는 것을 삶의 보람으로 여기는 구석이 있었다.

아카네가 한숨을 쉬었다.

"하지만 사이토가 두근거릴 만한 일이라니, 뭘 하면 좋을까? 전혀 떠오르지 않아……."

마호는 듬직한 얼굴로 가슴을 두드렸다.

"그런 건 이 연애 마스터 마호에게 맡기시라! 내가 직접 지도해 줄게!"

"네가…… 연애 마스터였어?!"

"응! 연애를 해 본 적은 없지만! 인기가 많으니까, 남자의 마음은 쉽게 알 수 있달까? 전 세계의 남자는 내 손바닥 위에서 놀아날 운명이랄까?"

"굉장하네……."

자신에게는 없는 기술을 가진 여동생을 아카네는 존경의 눈빛으로 바라보았다.

"당장 오늘부터 시작하자! 오빠를 두근두근하게 만들 '아카네 챌린지' 스타트야!"

마호는 눈가에 손으로 V를 만들며 윙크했다.

사이토가 집으로 돌아오자 복도에서 기묘한 소리가 들려왔다.

금속을 긁는 것 같은, 묘하게 거슬리는 정체불명의 소리.

울리고 또 울리는 반복적인 소리가 뇌를 자극하며, 해 질 녘의 호박색으로 물든 복도가 일그러져 보였다.

──뭐지, 이건……?

사이토는 불안한 마음을 느끼며 복도를 걸었다.

수수께끼 소리의 출처를 따라 탈의실에 들어가 욕실을 들여다보자…….

아카네가 어두운 욕실에서 식칼을 갈고 있었다.

몸을 크게 앞뒤로 움직이며 양손으로 잡은 날을 숫돌 위에 미끄러뜨린다. 눈가는 앞머리에 가려져 있어 표정은 보이지 않았다. 중얼중얼 저주 같은 것을 외우고 있다.

그 모습은 완전히 옛날이야기에 등장하는 마귀할멈 같았다.

"아, 아카네……?"

이름을 부르는 것조차 주저하게 되는 이상한 공기였다.

아카네는 뒤를 돌아보지도 않고 낮은 목소리로 대답했다.

"어머…… 사이토…… 어서 와……. 이제야…… 돌아왔구나……."

집에 돌아오지 말았어야 했다! 라고 사이토는 확신했다.

상황은 도무지 이해할 수 없었지만, 오늘 밤이 고비인 것만은 확실했다. 아마도 내일의 해는 뜨지 않을 것이다. 사이토의 심박수가 상승했다.

"왜 욕실에서 칼을……?"

"어……? 칼……? 그런 게 어디 있다는 거야……?"

텅 빈 눈빛으로 묻는 아카네.

"아니아니, 네가 손에 들고 있는 그거! 모르고 갈고 있는 게 더 위험해!"

"위험하지 않아……. 어쨌든 자를 수 있는 손가락은 열 개밖에 없으니까…… 우후후후……."

아카네는 어둠 속에서 칼을 바라보았다.

이유는 전혀 알 수 없었지만, 위험한 것은 분명했다. 방금 막 갈린 식칼이 치명적인 빛을 번뜩였고, 칼을 움켜쥔 아카네의 손은 잘게 떨리고 있었다.

사이토는 전속력으로 욕실에서 벗어나 자신의 공부방으로 대피했다.

언제든지 요격 태세로 전환할 수 있도록 두툼한 국어사전과 육법전서를 방어구로 마련해 두고 자세를 취했다. 하지만 아카네는 아무리 지나도 습격을 해 오지 않았다.

저녁 식사 시간이 되고, 아래층에서 부름을 받은 사이토는 어쩔 수 없이 주방으로 들어갔다.

테이블에 놓여 있는 것들은 고기 감자조림, 방어 무조림,

채소무침, 장국 등 평화로운 메뉴였다. 오늘 저녁은 타바스코 파티도 아니었고, 그저 맛있어 보이는 김이 모락모락 나고 있었다.

아카네는 식칼 같은 무기를 들고 있지도 않았고, 무언가를 감춘 기색도 없었다. 만일을 위해 사이토가 테이블 아래를 확인하자 아카네가 치마로 다리를 가렸다.

"엉큼해! 뭘 들여다보는 거야?!"

"테이블 밑에 폭탄이 설치돼 있는 건 아닌가 하고⋯⋯."

"그런 거 설치 안 했어! 모처럼 만든 저녁이 날아가면 아깝잖아!"

"내가 날아가는 건 아깝지 않아⋯⋯?"

"너는 아무데서나 적당히 자랄 수 있잖아?!"

"안 자라거든?!"

"어제도 한 마리 수확했어!"

"나를?!"

자신은 식물인가 동물인가, 그 존재가 모호해지는 사이토. 그리고 수확된 호조 사이토는 도대체 어디로 갔을까.

"그만하고 빨리 먹어. 다 식잖아."

"휘발성 독이라도 주입한 거야⋯⋯?"

"지금까지 독 같은 건 넣은 적 없잖아!"

"'지금까지'? 지금부터는 아니라는 건가⋯⋯?"

"멋대로 확대 해석하지 마!"

아카네가 탕탕 테이블을 두드렸고, 그로 인해 테이블 위의 접시가 울렸다.

이대로라면 테이블이 뒤집힐 것 같았기에 사이토는 식사를 시작했다.

고기 감자조림을 입에 넣는 사이토를 아카네가 턱을 괴고 바라보았다. 자신은 젓가락을 손에 들려고도 하지 않는다.

"······너는 안 먹는 거야?"

"난 나중에 먹어도 돼."

"왜, 나중에 먹어······?"

"글쎄?"

후후, 하고 아카네가 의미심장하게 웃었다.

──역시 독이다!

사이토는 더욱 확신했다. 죽음의 위협에 심장이 터질 듯이 뛰기 시작했다.

요전 날 아카네와 무사히 화해했다고 생각했던 것은 사이토의 착각이었다. 사실은 아카네는 더 강한 원한을 품고, 만반의 준비를 갖추고 사이토를 말살하려 하고 있었다.

그게 아니면 아까부터 아카네가 시계를 힐끔힐끔 보고 있는 이유를 설명할 수 없었다. 저건 분명, 서서히 작용하는 독이 사이토의 몸에 영향을 미치기를 기다리고 있는 모습이었다.

"나는······ 독 따위에는······ 지지 않아······!"

사이토는 피가 날 정도로 입술을 깨물었다.

결국 독에 지는 일은 없었다.

음식에는 이물질이 섞여 있는 기미도 없었고, 평소처럼 맛있는 아카네의 수제 요리였다.

하지만 하룻밤이 걸리는 느린 독일지도 모른다. 사이토는 방심하지 않고 침실에서 다잉 메시지를 전해 두었다. '범인은 아카네'라고 스마트폰 메모장에 적어두고, 범인에 의해 삭제당하지 않도록 패스워드로 잠금도 걸었다.

준비를 마치고 침대에 들어서자, 진한 수마가 엄습했다. 아직 아카네가 옆에서 바스락거리는 소리를 내고 있어 깨어 있지 않으면 위험한데, 참을 수 없었다. 너무나도 졸려서 손가락을 움직일 수도, 눈꺼풀을 열 수도 없었다.

"잘 자."

그런 목소리가 머리 위에서 들렸고, 어쩌면 독이 아닌 수면제를 넣은 것이 아닐까 생각한 순간 사이토의 의식은 끊겼다.

눈을 떠보니 주변은 캄캄했다.

평소에는 야간등을 켜두는데, 어째서인지 침실의 조명이 완전히 꺼져 있었다. 옆에 아카네의 기척은 느껴지지 않았고, 이불 속은 서늘했다.

어둠 속에서 저억, 저억, 하는 이해할 수 없는 소리가 울리고 있었다. 마치 요괴가 의식을 거행하는 듯한 불길한 이상음. 침실인데 물소리마저 들렸다.

사이토가 머리맡에 둔 스마트폰을 가져와 소리의 근원을 향해 라이트를 비추자…… 아카네가 쌀을 씻고 있었다.

"뭐 하는 거야?!"

경악하며 질문하는 사이토. 충격으로 심장이 벌렁거렸다.

어둠 속에 둥실 떠오른 아카네가 귀신 같은 미소를 지으며 말했다.

"쌀을…… 씻고 있어."

"그건 보면 알아! 왜 심야의 침실에서 쌀을 씻고 있는 거냐고! 무섭잖아!"

"나도 어두워서 무서워!"

"그럼 불을 켜!"

사이토는 머리맡의 리모컨으로 조명을 켰다.

잠옷 차림의 아카네가 바닥에 주저앉아 밥솥 냄비를 끌어안고 있었다. 머리는 헝클어져 있고, 동공은 풀려 있고, 명백하게 제정신이 아니었다. 일반적인 인간의 이해를 넘어선 모습이었다.

"이런 위험한 장소에는 더는 못 있어! 난 내 방으로 돌아가겠어!"

사이토는 침실에서 뛰쳐나갔다.

아카네와 함께 잠들지 않으면 텐류에게 페널티를 받을

지도 모르지만, 지금은 생명이 우선이었다. 이 밤을 살아 남지 못한다면 회사를 이어갈 수도 없었다.

사이토는 잠옷 차림의 맨몸 그대로 자신의 공부방으로 도망갔다.

자물쇠를 잠그고 문을 등으로 눌러 막았다. 오늘 밤은 불침번이다.

아까처럼 수마에 져버리는 일을 막기 위해 티슈를 입에 넣어 쓴맛으로 뇌를 자극했다. 결코 몸에 좋다고는 할 수 없지만, 공복을 견디기 위해 사이토가 유년기부터 신세를 졌던 식재료이기도 했다(식재료는 아님).

사이토가 참극의 밤을 무사히 넘기려 하고 있는데, 복도 에서 발소리가 들렸다.

찰박, 찰박, 찰박, 하고 가까워지는 축축한 발소리.

문 너머에서 멈춰 선 채, 눌러죽인 숨소리가 들려왔다.

——누가, 있다.

누구라고 할 것도 없이, 아카네겠지만.

사이토는 등줄기에 식은땀이 흐르는 것을 느꼈다.

만약 아카네가 창을 갖고 있다면 문을 관통하여 사이토 를 꼬치로 만들지도 모른다. 그 가능성을 떠올린 사이토는 소리를 내지 않게 조심하며 천천히 문에서 멀어졌다.

문 너머로 떠나가는 발소리가 들렸다.

하지만 곧 다시 돌아왔다. 드륵드륵 무언가 뾰족한 물체로 문을 긁는 소리도 났다. 문고리가 빠질 듯한 기세로 거칠게 흔들렸다.

"……윽!"

사이토는 목소리가 새어 나올 것 같아 입을 손으로 막았다.

발소리가 떠나가고, 멀리서 문이 닫히는 소리가 났다.

──포기한 건가……?

사이토는 공부방 문을 열고 복도를 들여다보았다.

아카네는 없다. 침실 문은 굳게 닫혀 있었다. 아무래도 재앙은 지나간 모양이다. 아침이면 아카네도 평범한 인간으로 돌아와 있을 것이다.

사이토가 안도하며 공부방으로 들어간 순간.

2층 창문으로 창백한 얼굴이 안을 들여다보고 있었다.

"오아아아아아아아아악!"

사이토의 날 것 그대로의 비명이 야심한 밤 주택가에 울려 퍼졌다.

곧바로 탈출하려고 했지만, 그 창백한 얼굴의 주인이 아카네라는 사실을 깨닫고 멈춰섰다. 심지어 아카네는 외벽에 매달린 채 필사적으로 발버둥치고 있었다.

"도, 도와줘…… 떨어질 것 같아."

"아카네──!"

사이토는 혼비백산하여 창문을 열었다.

아카네의 양손을 잡고 전력으로 끌어올렸다. 아카네가 사이토의 품으로 뛰어들었고, 둘이 함께 바닥에 쓰러졌다.

"진짜로 대체 뭘 하는 거야!"

"사이토도 창문으로 돌아온 적 있었잖아. 사이토 따위가 할 수 있다면 나도 할 수 있을 거라 생각해서."

"체력이 다르잖아!"

"체력도 완력도 내가 사이토보다 위야!"

아카네는 완강히 주장했지만, 사이토 위에서 늘어진 채 비틀거리고 있었다.

"도와달라고 한 주제에!"

"안 했어! 거기서 내 숨은 힘이 깨어나서 하늘을 날 수 있을 뻔했어! 1초 정도!"

"그건 추락이지!"

최악의 사태를 상상한 사이토의 심장이 미친 듯이 쿵쾅 댔다.

아카네가 사이토의 위에서 몸을 일으켰다.

"……저기, 두근거렸어?"

작은 손으로 바닥을 짚고 고개를 갸우뚱하는 모습은 사랑스러웠다.

하지만 사이토는 그 귀여움을 맛볼 여유조차 없었다.

"말도 안 되게!"

"어느 정도로?"

"죽는 줄 알았어!"

"그럼 성공인가?"

"대체 뭐가! 나한테 몰카라도 하고 있었던 거야?!"

호러틱한 연출도 두드러졌지만, 그 이상으로 마지막의 위기가 심장에 해로웠다. 아카네의 목적은 알 수 없었지만, 몸을 너무 함부로 쓰는 것이 아닌가.

아카네는 일어서더니 허리에 손을 얹고 턱을 치켜들었다.

"일단 오늘은 이걸로 용서해 줄게!"

"오늘은?! 내가 그렇게 큰 죄를 지었어?!"

사이토는 상황을 전혀 이해할 수 없었다.

"뭔가…… 아닌 것 같아."

하굣길에 들른 디저트 가게에서 아카네는 마호에게 보고했다.

얼마 전의 디저트 뷔페 체인점과는 또 다른 가게였다. 둘 다 아카네가 쏘는 것이었다. 연애 마스터인 마호에게 상담하려면 디저트 정도는 제공하는 것이 도리였다.

"아닌 것 같다니, 뭐가?"

마호는 수북하게 담긴 초콜릿 아이스크림을 우걱우걱 퍼먹으며 물었다.

아이스크림 위에는 쿠키와 마카롱과 크림이 가득 올라가 있었다. 언니로서는 좀 더 과일 위주의 건강한 음식을 먹었으면 했지만, 여동생은 욕망에 충실했다.

"그…… 아, 아카네 챌린지? 마호의 조언대로 해 봤는데, 내가 원했던 반응은 아니었던 것 같아서."

"오빠가 두근거리지 않았대?"

"두근거리긴 했던 것 같은데……."

"그럼 됐네! 마호 굉장하지? 칭찬해 줘도 돼!"

마호가 아카네를 향해 머리를 내밀었다.

대단한지는 잘 모르겠지만, 귀여웠기 때문에 아카네는 마호의 머리를 쓰다듬어주었다. 마호는 기분 좋은 얼굴로 눈을 감고 헤헤 웃었다.

"두근거림이라고 해도, 연애의 두근거림이 아니라, 공포의 두근거림이었던 것 같은 느낌이야……. 사이토가 겁에 질려 있었다고 할까, 거리가 좁혀지기는커녕 멀어져 버린 것 같아……."

"아, 역시? 그럴 것 같긴 했지만, 재미있을 것 같아서."

"지금 뭐라고 했어?"

"아무것도 아니야! 케이크 맛있다! 우물우물!"

마호는 둘러대려고 하지만, 먹고 있는 것은 푸딩이라 전혀 둘러대지 못했다.

"어떻게 할 거야?! 그 이후로 사이토가 나와 눈도 마주치지 않는단 말야! 내가 등 뒤에 서 있기만 해도 비명을 지르고! 이유 없이 항상 흠칫흠칫 놀라면서 온 집안의 창문이란 창문은 이중으로 잠그면서 돌아다니고!"

아카네는 마호의 어깨를 잡고 필사적으로 호소했지만, 마호는 태평한 얼굴을 했다.

"하하하, 뭐 어때, 좋지 않아?"

"좋지 않아!"

"생각하기 나름이야. 위기는 기회라고 하잖아?"

"위기로 몰아넣은 건 마호잖아?"

아카네는 마호를 흘겨보았다.

마호는 검지를 흔들어 보였다.

"쯧쯧, 언니도 참 뭘 모르네. 이건 연애 마스터 마호에 의한 장대한 계획의 서사에 지나지 않는다고!"

"그런 거야……?"

반신반의한 얼굴의 아카네.

데코레이션이 가득 올라간 도넛을 마호가 한입 가득 베어 물었다.

"응! 우선은 오빠의 마음을 흔들어서 연애적으로 두근거림이 나오기 쉬운 상태로 만들었다는 거지! 가드가 단단하면 솔직한 마음도 알 수 없잖아?"

아카네는 턱에 손을 얹고 생각에 잠겼다.

"그렇구나……. 양념하기 전에 단단한 고기를 칼등으로 두드려서 부드럽게 만드는 느낌인 건가. 우선은 사이토라는 고기를 짓뭉개놔야 하는 거구나!"

"비유가 엄청 살벌하지만, 맞아!"

마호는 엄지손가락을 치켜세웠다.

아카네는 두 손을 꼭 잡고 의욕을 보였다.

"나, 힘낼게! 다음에는 어떻게 사이토를 엉망으로 만드는 게 좋을까? 재기할 수 없을 정도로 때려눕힐게!"

"오빠를 망가뜨리는데 너무 의욕이 넘치는 거 아냐?! 언니, 정말로 오빠를 좋아하는 거 맞아?!"

"그, 그건…… 말하게 하지 마, 마호도 참."

뺨을 물들이며 시선을 돌리는 아카네. 고등학교 1학년 때부터 천적이었던 상대에게, 이렇게 노골적인 호감을 표현하는 것에는 아직 저항감이 있었다.

"귀엽지만 무섭네. 뭐, 됐어! 다음엔 말이지, 드디어 실전이야!"

"드디어…… 죽이는구나? 숨통을…….

"끊으라는 게 아니라! 오빠를 연애적인 의미로 두근거리게 만들라는 거야! 언니의 넘치는 매력으로 완전히 정신 못 차리게 만들어버려!"

아카네는 꼭 쥔 주먹을 바라보았다.

"내가 할 수 있을까. 싸우는 것밖에 모르는 내가…….

"언니, 멋있어~! 하지만 지금은 멋진 부분은 참자! 귀여움 쪽으로 가야 해!"

아카네는 앞머리를 쓸어올리며 중얼거렸다.

"어렵네……. 지금까진 쭉 그런 세계와는 무관한 인생을 살아왔으니까……."

"멋있어~! 그래서 더더욱 지도하는 보람이 있는 거지만!"

"믿고 있을게, 마호."

마호가 자랑스럽게 코를 치켜세웠다.

"마호에게 맡겨! 우선은~ 오빠 앞에서 스커트를 걷어 올리는 연습부터 시작하자!"

"변태잖아!"

"변태 아니야. 구애 행동이야. 자자, 부끄러워하지 말고!"

"모, 못 해. 그런 건……!"

아카네는 치마를 누른 채 몸을 떨었다.

"부끄러워하는 모습이 반대로 좋아! 언니는 너무 귀여워! 못 참겠어!"

마호가 테이블 밑에서 아카네의 치마 속으로 머리를 쑥 들이밀었다.

"잠깐, 그만해! 간지러워, 그만해!"

허벅지에 매달려 뺨을 비비자, 아카네는 비명을 질렀다.

"……사이토. 이쪽으로 와."

아침 식사가 끝나자마자 아카네가 말했다.

테이블에 손을 올린 채 사이토를 노려보는, 격앙된 맹호의 자세. 냉혹한 그 목소리는 마치 사형 선고와도 비슷한

울림을 갖고 있었다.

"미안해!"

사이토는 테이블에서 뛰쳐나가 고개를 숙였다.

자신이 무슨 잘못을 저질렀다 싶을 땐 일단 사과해서 적의 기세를 꺾은 다음 동시에 퇴로를 확보한다. 지옥 같은 전쟁에서 배운 완벽한 전술이었다.

"왜 사과하는 거야!"

"화나게 했으니까……."

"전혀 화 안 났어! 이쪽으로 오지 않으면 죽일 거야!"

"가도 죽일 거잖아!"

"내가 널 죽일 리가 없잖아! 죽고 싶어?!"

"순식간에 말이 모순됐어!"

불온한 분위기가 극에 달했지만, 이대로 실랑이를 벌여 봤자 교착 상태에 빠질 뿐이었다. 학교에는 늦을 것이고, 아카네는 납득하지 않을 것이다.

사이토는 드래곤의 등에 올라타는 심정으로 아카네에게 다가갔다. 역린만 건드리지 않는다면 인간계로 돌아갈 수 있을지도 모른다.

사이토가 근거리까지 다가가자, 아카네가 재빨리 손을 뻗었다.

——당한다?!

사이토는 반사적으로 눈을 감았다.

참극이 된 주방을 상상했지만, 극심한 통증이 닥치지도, 피가 튀는 일도 없었다.

——말도 안 돼…… 죽지 않았다고? 대체 어떻게 된 거지……?

그것을 수상하게 여긴 사이토가 눈을 뜨자, 아카네는 사이토의 넥타이를 잡고 있었다.

"구살(毆殺)이 아니라 교살(絞殺)?! 그래서 날 근거리까지 불러들인 거였어?! 무시무시한 책략가다!"

"무슨 소리야! 네 넥타이를 고쳐주려는 거야!"

"왜, 왜……?"

사이토는 아카네의 말을 이해할 수 없었다.

"넥타이가 느슨하니까!"

"왜…… 그런…… 부부 같은 짓을……?"

"부부잖아! ……바보."

"……!"

확실히 자신들은 부부가 맞았지만, 아카네의 입으로 분명하게 단언하자 파괴력이 남달랐다. 사이토의 몸이 서서히 뜨거워졌다.

아카네는 볼을 새빨갛게 물들인 채 사이토의 넥타이를 고쳐주기 위해 노력했다.

하지만 손이 떨려서 제대로 되지 않았다. 넥타이가 자꾸만 떨어지고, 그러면서 떨림이 더 심해진다.

"저기…… 내가 할까?"

"안 돼! 내가 할 거야!"

고집을 부리는 아카네. 심부름 미션을 빼앗긴 어린 아이가 보이는 반응이었다.

"왜 그렇게 발끈한……."

"적 없어!"

발을 쾅 구르는 아카네. 누가 봐도 발끈한 모습이었다.

아카네는 입술을 삐죽 내민 채 작은 소리로 중얼거렸다.

"……히마리한테는 하게 해 줬으면서, 나는 못 하게 하는 건, 불공평해."

새어 나온 본심이 들려버려서, 사이토는 고동이 빨라지는 것을 느꼈다.

필사적으로 넥타이를 조물조물하는 아카네의 얼굴이 너무 가까워 숨을 쉬는 것조차 힘들었다. 아카네의 손만큼이나 자기 무릎도 떨리고 있는 것이 느껴졌다.

아카네는 사이토와 눈을 마주치지 않고 어색하게 물었다.

"어, 어때? 기뻐? 두근두근……거려?"

"아, 아니……."

미친 듯이 두근거렸다.

하지만 그것을 들킨다면 아카네가 겁을 먹을 것 같아서, 사이토는 감정을 필사적으로 억눌렀다. 우리는 어디까지나 천적인 부부다. 착각해서는 안 된다.

"조금은…… 두근거려줘."

아카네는 슬픈 얼굴로 그렇게 말하더니, 넥타이에서 손을 놓았다. 새빨간 뺨을 손바닥으로 누르더니 굴러갈 기세로 주방에서 달려 나갔다.

꼼꼼한 성격을 반영하기라도 하듯 넥타이는 완벽하게 매어져 있었다. 사이토는 아카네의 손가락이 닿았던 곳을 쓰다듬으며 혼란스러운 사고에 사로잡혔다.

──아카네는…… 내가 두근거리길 바라는 건가?

만약 그렇다면, 무슨 목적으로? 혹시, 아카네는 사이토의 연정을 어렴풋이 눈치채고 본심을 알아내려 하는 것은 아닐까.

절대 들키지 않겠노라, 사이토는 한 번 더 다짐했다. 평온한 동거 생활을 이어가기 위해서는 지금까지와 같은 태도를 잃지 말아야 했다.

표정을 읽히기라도 하면 곤란하기 때문에 아카네와 얼굴을 최대한 마주치지 않게 주의하며 집을 나섰다.

마음이 붕 뜬 탓인지 사이토는 몇 번이나 차에 치일 뻔했고, 다시 한번 자신의 한심함을 통감했다.

반의 다른 아이들이었다면 이미 초등학생 때 경험했을 텐데, 사이토에게 있어 첫사랑이란 것은 성가신 괴물 같은 존재였다.

수업 중에도 아카네 쪽을 보면 감정을 노골적으로 드러

낼 위험이 있었기 때문에 최대한 시선을 주지 않기 위해 노력했다.

하지만 나도 모르게 신경이 쓰여서 보게 되었고, 그때마다 아카네와 눈이 마주쳤다. 그건 다시 말해 아카네도 꽤 잦은 빈도로 사이토 쪽을 보고 있다는 뜻이 된다.

──역시…… 난 감시당하고 있는 거야!

사이토는 몸이 긴장되는 느낌을 받았다.

이미 아카네는 꽤 높은 정확도로 사이토의 감정을 추측하고 있다. 남은 것은 증거를 잡아서 행동에 나서는 것뿐이었다.

그 행동이 또 한 번의 별거인지, 혹은 사이토의 말살인지는 알 수 없었지만, 어쨌든 꼬리를 잡혀서는 안 된다.

──두뇌 게임에서 날 이길 수 있다고 생각하지 마라!

사이토가 선전포고의 의미를 담아 시선을 보내자, 아카네는 귀를 붉히며 고개를 돌렸다. 알 수 없는 반응이었지만, 초반전은 이쪽이 유리한 고지를 선점한 것 같았다.

사이토는 그런 식으로 생각했지만.

점심시간이 되고 아카네가 가져다준 도시락을 여는 순간 할 말을 잃고 말았다.

내용물은 연어알 덮밥이었다. 고기만큼이나 해산물을 좋아하는 사이토로서는 학교 점심으로 연어알 덮밥을 먹을 수 있다는 것은 대환영이었다.

하지만, 도시락통 전체를 빈틈없이 채우고 있는 밥 위에는 연어알로 하트 마크가 그려져 있었다. 심지어 중심에는 조미김으로 'LOVE'라고도 적혀 있다.

"오. 애처 도시락."

시세이가 도시락통을 들여다보더니 연어알 하나를 집어 입으로 가져갔다.

사이토는 서둘러 도시락 뚜껑을 닫았다. 플라스틱 상자가 뒤틀릴 기세로. 이런 것을 반 아이에게 목격당한다면 또 어떤 소동이 벌어질지 알 수 없었다.

──대체 무슨 생각으로?!

사이토는 아카네 쪽을 노려보았다. 아카네는 히마리와 담소를 나누며 자신의 도시락을 먹고 있었고, 사이토 쪽은 쳐다보지도 않았다.

사이토는 도시락을 들고 교실에서 철수했다.

기껏 받은 아카네의 수제 도시락, 특히나 연어알 덮밥인 만큼 먹지 않는다는 선택지는 존재하지 않았지만, 교실에서 여는 것은 너무 위험했다.

시세이는 야수(라기보단 새끼 도둑고양이)처럼 연어알 덮밥을 노리고 사이토를 따라왔다. 가끔 도시락통에 손을 뻗어 오는 모습은 그야말로 새끼 고양이였다.

"오빠, 어느 틈에 아카네와 러브한 사이가 된 거야?"

"된 적 없어!"

"됐어. 그 특대 하트 마크 도시락이 무엇보다 좋은 증거."

"이건 분명 무슨 함정일 거야……."

사이토는 부정하면서도 얼굴이 붉어지는 것을 느꼈다. 갑자기 이런 공격을 받아버리면 평정심을 유지할 수 있을 리가 없다.

사이토는 안뜰로 대피해 벤치에서 도시락통을 펼쳤다.

"잘 먹겠습니다."

젓가락을 사이에 두고 합장하여 초밥에 연어알을 적당량 얹어 입에 넣었다.

양념한 밥은 절묘한 완성도로, 고슬고슬한 쌀에는 광택이 돌고 있었다. 설탕과 식초의 맛이 확실하게 존재감을 드러내면서도 연어알의 맛을 방해하지 않는 균형감을 유지하고 있다.

연어알은 알이 크고 껍질에 탄력이 있어 식감이 좋았다. 이가 연어알 껍질을 깨뜨리면 바다의 맛이 입안으로 흘러들어왔다. 부드러운 기름이 혀 전체를 감싸며 위안을 주었다.

"마이써……. 좋은 연어알을 사용했어……. 연어알의 질은 지나치기 쉬운데, 해산물 요리에서는 중요한 포인트. 아카네는 재료에도 타협하지 않는 요리사."

시세이는 요리 연구가처럼 비평하면서 수북하게 연어알을 퍼 올렸다.

"야, 연어알만 먹지 마."

"도시락통도 먹으라고? 이해했어."

"전혀 이해하지 못했어!"

"시세는 모든 것을 이해하고 있어. 우주가 시작된 이유부터 종말이 오는 이유까지."

사이토는 도시락통을 통째로 입에 집어넣으려는 시세이에게서 도시락통을 사수했다. 이렇게 완성도 높은 연어알 덮밥은 텐류에게 끌려간 요릿집에서도 쉽게 만날 수 없었기에 잃을 수는 없었다.

사이토가 시세이와 나눠 먹으며 연어알 덮밥을 즐기고 있는 와중, 스마트폰이 진동했다. 아카네에게 메시지가 와 있었다.

『도시락 잘 먹고 있어? 널 위해 정성껏 만든 거야♡』

사이토는 연어알을 뿜을 뻔했다.

비난하는 시세이.

"오빠, 아까워. 연어알을 쏠 거면 시세 입 안에 쏴. 식품 손실 대책."

"나는 연어알을 쏘려고 했던 게 아니야……."

사이토는 스마트폰 화면을 다시 확인했지만, 잘못 본 것이 아니었다. 마치 신혼 아내처럼 보이는 메시지와 함께 아카네가 절대 쓸 것 같지 않은 하트 마크가 표시되어 있었다.

시세이가 스마트폰을 들여다보았다.

"역시, 러브가 가득해."

"아니…… 이상해. 아카네가 이런 말을 쓸 리가 없어. 남김없이 먹지 않으면 죽이겠다, 라는 말을 쓴다면 모를까……."

"즉 이미 아카네는 납치됐어? 헤메코프테루스 성인에게?"

"나보다 먼저 외계인과의 첫 접촉을 하는 건 용납할 수 없으니까 그럴 가능성은 생각하고 싶지 않아. 다른 녀석이 아카네의 스마트폰으로 쓴 게 아닐까?"

"시세이가 자주 오빠의 스마트폰으로 메시지를 쓰는 것처럼?"

"그래, 그것처…… 아니, 잠깐만. 금시초문인데."

도망치려는 시세이를 사이토가 구속했다. 이 일에 대해서는 나중에 차분히 조사할 필요가 있었다. 모르는 사이에 사이토의 악평이 퍼지는 사태는 피하고 싶었다.

시세이가 추리를 이어갔다.

"아카네의 스마트폰이 누군가에게 빼앗겼다. 즉, 아카네는 이제……."

"불길한 상상은 그만해. 단순하게 마호가 멋대로 쓰고 있는 거 아냐?"

"땡! 틀렸습니다! 왜냐하면 마호는 여기 있으니까요♪"

흠칫 놀란 사이토가 피할 새도 없이 마호가 등 뒤에서 사이토에게 달려들었다. 사이토의 목에 팔을 두르고 매달리며 있는 힘껏 뺨을 비빈다.

"떨어져. 밥 먹기 힘들잖아."

"뭐? 볼 비비기만 하지 말고 볼 뽀뽀도 해달라고? 오빠 욕심쟁이~! 알았어!"

"그런 말 안 했어!"

사이토의 말에는 개의치 않고 마호는 사이토의 뺨에 키스 세례를 퍼부었다.

시세이는 젓가락을 움켜쥐며 몸을 떨었다.

"당장 오빠한테서 떨어져⋯⋯. 그렇지 않으면 시세의 주먹이 대지를 쪼개버린다⋯⋯."

"오, 승부?! 내 주먹이 용을 불러낼지도 모르지만, 각오는 돼 있겠지?!"

어디의 무술인지 알 수 없는 수수께끼의 자세를 취하는 마호.

두 사람의 어깨에서 투기가 흘러나왔지만, 별다른 박력은 없었다. 홍련, 이라기보단 분홍색의 오라로 포근한 느낌이었다.

"부러우면 시짱도 오빠한테 뽀뽀하면 되잖아! 난 박애주의자니까 셋이라도 괜찮아♪"

"키스 승부라는 뜻? 받아줄게."

"받지 마!"

사이토의 항의는 두 사람 모두에게 닿지 않았다.

왼쪽에는 시세이, 오른쪽에는 마호가 앉아 벤치에 앉은 사이토에게 매달렸다.

"으음~ ♪"

"음."

시세이와 마호 두 사람이 동시에 사이토에게 입술을 가져갔다. 순백의 우유 같은 시세이의 향기와 마호의 맨살에서 나는 달콤한 향기. 두 사람의 입술이 사이토의 양 볼에 짓눌렸다.

"잠깐……."

화려한 스킨십은 고모인 레이코 덕분에 익숙했고, 여동생이나 다름없는 시세이를 의식할 필요는 없었지만, 역시 그래도 이건 민망했다. 시세이도 마호도 외모만큼은 뛰어났다.

그 사실을 잘 알고 있는 것인지, 마호가 얄미운 미소를 지어 보였다.

"오빠, 기쁘지? 이런 미소녀 두 명에게 뽀뽀 받아서."

"오빠는 호색한."

"호색한 아니야……."

마호와 시세이 두 명이 사이토의 뺨을 쿡쿡 찔렀다.

조금 전까지 싸우고 있었는데 참으로 훌륭한 호흡이었다. 이 민폐 시스터즈는 어느 틈에 이렇게 사이가 좋아진 것일까.

"사이토 군은…… 그런 사람이었구나……."

"뭣?!"

정신을 차리고 보니 히마리가 사이토 일행 앞에 서서 부들부들 몸을 떨고 있었다.

마호가 강하게 호응했다.

"이런 사람이야, 오빠! 미소녀라면 누구든 환영!"

"오빠는 사리 분별 못하는 성욕 몬스터."

"그만! 오해를 부추기지 마!"

"사이토 군……."

히마리가 고개를 숙이고 손을 꼭 쥐었다.

그녀의 안에서 자신의 평가가 급락하는 것을 사이토는 느꼈다. 친구로서 존경하는 히마리에게 최악의 인간이라고 경멸당하는 것은 괴로웠다.

"그런 거였으면, 빨리 말해줬어야지! 나도 할래!"

"너도냐!"

히마리가 두 팔을 벌리고 사이토에게 달려들었다.

"오, 히마링 참전! 좋네, 좋네, 점점 달아오르네!"

신나서 떠드는 마호.

"규욱."

히마리의 가슴에 눌려 압사해 가는 시세이.

"숨을 못 쉬겠어!"

세 사람에게 짓눌려 질식사 직전인 사이토.

소녀들의 열기로 가득 찬 안뜰에 갑작스러운 냉기가 스며들었다.

흠칫 놀란 사이토가 돌아보자…… 아카네가 건너편 복도 쪽에 서 있었다.

조용한 미소. 하지만 절대영도의 미소였다.

"마음을 담아서 만들었으니까, 도시락 전부 다 먹어."

말에는 전혀 마음이 담겨 있지 않았다. 담겨 있는 것은 살의였다. 지금의 아카네에게서는 1km 넘게 떨어진 원거리라도 정확하게 사이토만을 살해할 수 있는 오라가 뿜어져 나오고 있었다.

"하하하, 감사히 잘 먹을게!"

사이토는 얼굴에 경련을 일으키며 점심 식사를 재개했다.

아내의 살기에 짓눌린 것일까, 소녀들은 마치 거미 새끼 흩어지듯 떨어졌다. 시세이는 슬쩍 연어알을 가져가서 맛보고 있다.

매정한 녀석들, 하고 생각하는 사이토. 하지만 여유롭게 식사할 수 있는 것은 나쁘지 않았다. 다시 한번 연어알 덮밥을 먹으며 입안에서 톡톡 터지는 알갱이를 즐겼다. 학교에서 먹기엔 너무 사치스러운 맛이었다.

그때, 돌풍이 불었다.

사이토가 흠칫 놀라 고개를 들자, 어느새 눈앞에 접근한 아카네가 엄청난 기세로 이마를 들이밀고 있었다.

박치기였다.

사이토는 피하려 했지만, 평범한 사람의 기동력으로 반응할 수 있는 속도가 아니었다. 고음이 바람을 찢고, 폭풍에 도시락마저 빼앗길 지경이었다.

사이토가 할 수 있는 것은 눈을 감고 안구에 미칠 치명적인 손상을 줄이는 것뿐이었다. 순식간에 정신을 통일하여 통각을 차단하고, 동시에 응급처치 전략을 세워나갔다.

하지만.

톡, 하고 아카네의 이마가 사이토에게 닿았다.

조금 전까지의 위압감은 어디로 가고, 마치 산들바람처럼 느껴지는 부드러운 접촉.

살랑거리는 앞머리가 사이토에게 눌리고, 선명한 눈동자가 사이토를 원망스럽게 응시하고 있다.

홍채의 무늬가 보일 정도로 가까운 거리에서, 서늘한 코끝이 희미하게 닿았다.

"……바보."

코에 닿는 속삭임이, 붉은 입술에서 새어 나왔다.

"……!"

달콤한 비난에 사이토는 아찔함을 느꼈다.

가슴속에 못이 박히는 듯한 아픔. 하지만 그 아픔은 고통이 아니었다. 오히려 계속 젖어 있고 싶을 정도로 중독성 있는 둔통에, 심장 소리가 시끄러울 정도로 빨라지는 것을 느꼈다. 단순히 박치기를 맞는 편이 그나마 더 무사했을지도 모른다.

이 거리에서는, 싫어도 깨달을 수밖에 없었다. 자신이 아카네라는 존재를 어쩔 수 없이 의식하고 있다는 사실을.

사이토는 떨리는 목소리를 억누르려 했지만, 잘되지 않았다.

"미, 미안……."

"돼, 됐으니까, 먹어. 그럼 용서해 줄게."

아카네가 이마를 떼고 사이토 옆에 앉았다.

볼도 귀도 새빨갛게 물들인 채, 힐끔힐끔 사이토 쪽을 바라본다. 사이토가 도망갈 것이라고 생각했는지, 셔츠 끝 자락을 집고 있었다.

──이런 상황에서 먹을 수 있겠냐고!

사이토는 음식이 목에 걸릴 것 같은 심정이었다.

사이토는 거실 테이블에 책을 쌓아 올렸다.

일본 역사서, 문화 인류학 자료서, 16세기 생활지, 철학서 원서 등 동서고금의 예지가 담긴 것들이다.

오늘은 하루 종일 아카네에게 묘한 공격을 받아 마음이 계속 뒤숭숭했다. 이대로는 머지않아 호감이 새어 나와 아카네에게 들키고 말 것이다.

그것을 피하기 위해서는 역시 일상과 멀리 떨어져 지식

의 바다에 잠기는 것이 제일이었다. 어릴 때부터 사이토는 항상 그렇게 하루하루를 넘겨 왔다.

──좋아, 레츠 다이빙이다!

사이토가 소파에 앉아서 책을 손에 집어 든 순간.

뒤에서 부드러운 감촉이 사이토를 감쌌다. 가느다란 팔이 사이토의 목에 감기고, 서늘한 머리카락이 사이토의 귀를 간지럽혔다.

아카네가 등 뒤에서 끌어안고 있다는 사실을 이해하기까지, 몇 초의 단절. 완전한 사고의 공백.

자세를 이해할 수는 있었지만, 상황을 이해할 수 없었다.

왜 나는, 아카네에게 안긴 것일까.

"뭐, 뭘…… 하는 거야?"

"……딱히."

토라진 듯한 아카네의 목소리.

"딱히, 가 아니잖아! 기술이냐?! 기술을 걸려고?!"

"그런 건 아니야."

"그럼 어떤 건데?!"

사이토는 근처에서 반격할 만한 수단이 없는지 찾았지만, 맹수용 격퇴 스프레이는 보이지 않았다.

애초에 이 자세에서 사이토가 움직인다면, 도망치기도 전에 목이 베일 것이다. 그런 암살자의 자세였다.

"두근두근……거려?"

사이토의 뺨에 닿은 아카네의 뺨이 뜨거웠다.

"그럴 리가…… 없잖아."

인정할 수는 없었다. 아카네의 뺨만큼이나 자기 뺨이 뜨거워져 있다는 것을. 심장이 튀어나올 정도로 요동치고 있다는 것을.

"넌…… 날, 여자라고 생각하지 않아……?"

희미해서 사그라질 것 같은 물음.

"우, 우린 그저 결혼을 강요당한 것뿐이고……."

"……! 이제 됐어!"

아카네가 사이토에게서 떨어져 거실을 뛰쳐나갔다. 계단을 뛰어올라 2층 방으로 뛰어드는 소리. 쾅 닫히는 문소리에서 아카네의 분노가 전해졌다.

──나는…… 뭐라고 말했어야 하는 거지……?

무난한 대답을 했다고 생각했는데, 사이토의 가슴은 욱신욱신 아팠다.

공부방에 들어간 아카네는 마호에게 전화를 걸었다.

"전혀 안 되는데?!"

『안 되다니 뭐가? 오빠의 암살에 실패했어?』

스마트폰에서 마호의 태평한 목소리가 흘러나왔다.

"그런 건 안 했어! 마호가 알려준 대로 아, 아카네 챌린지를 사이토에게 전부 다 해 봤는데, 안 됐어!"

『오빠, 두근두근하지 않았대?』

"그래! 역시 사이토는 나에게 아무 감정도 없는 거야. 난 여자로서의 매력이 아예 없나봐……."

먹구름에 휩싸인 아카네. 말로 꺼낸 순간 다시금 자신의 한심함을 절감하고 바닥에 주저앉아 고개를 떨궜다.

『음, 언니가 매력이 없을 일은 절대 없어.』

"그럴까……."

『응! 여동생인 나도 언니의 매력에 푹 빠졌을 정도로! 만약 내가 남자였더라면 매일 언니의 가슴을 만졌을 거야.』

"넌 지금도 만지고 있잖아!"

『아, 그랬지, 참. 최고의 촉감이야, 언니 ♪』

"넌 정말……."

아카네는 한숨을 내쉬었다. 사랑하는 여동생이라 용서하는 거지만, 그것이 아니었다면 여자라도 경찰에 신고했을 것이다.

『뭐, 오빠는 둔감하니까 불시의 공격으로는 효과가 없을지도 몰라.』

"역시 다른 수단을 써서 세뇌할 수밖에 없는 걸까……?"

『언니는 그걸로 괜찮아?! 오빠가 더는 오빠가 아니게 될 것 같은데?!』

"행복해질 수 있다면…… 그래도 괜찮을지도 몰라……."

죄를 짊어질 각오를 마친 아카네를 마호가 뜯어말렸다.

『진정해! 행복해질 수 없어! 평생 후회할 거야!』

"후회를 안고 사는 건…… 어쩔 수 없지."

『하드보일드가 되지 마! 나에게 아껴둔 특별한 비책이 있어!』

"비책……?"

아카네는 꿀꺽 침을 삼켰다.

『이건 정말 백발백중! 이 공격으로 넘어오지 않는 남자는 없어! 이론상으로는 전 세계 150억 명의 남자를 공략할 수 있어!』

"이론은 중요하지."

고개를 끄덕이는 아카네.

남자가 150억 명이나 존재하지는 않을 것 같지만, 그것은 사소한 일이었다. 언니를 누구보다 생각해 주는 동생의 조언이니 틀림없다.

"나는 뭘 하면 될까?"

『그건 말이지…….』

마호가 낮게 속삭이며 비책의 내용을 알려주었다.

아카네는 흠칫 놀랐다.

"그, 그런 건 못 해! 못 해, 못 해! 절대 못 해! 내가 마호도 아니고!"

『할 수 있어. 언니에게는, 나 마호랑 똑같은…… 변태의 피가 흐르고 있으니까!』

"나는 변태가 아니야! 그보다, 그 이치로 따지면……."

『당연히 엄마도 변태야!』

"그만해!"

그런 가능성은 상상하고 싶지도 않았다. 어디까지나 엄마는 아카네에게 동경하는 존재였기 때문이다.

『하지만 할 수밖에 없잖아? 언니는 오빠를 원하는 거지?』

"워, 원한다니……."

적나라한 표현에 아카네는 몸이 달아오르는 것을 느꼈다.

『빨리 잡아채지 않으면 히마링한테 뺏길지도 모르는데? 나도 오빠를 노리고 있고?』

"윽…… 알고 있어……."

사이토를 향한 히마리의 공격은 가차없고 대담했다. 라이벌 선언을 해 버린 이상 당연하다면 당연했지만, 아카네는 계속 밀리고만 있어서 승산이 없었다.

『그럼 언니, 화이팅! 실패하면 언니 대신 내가 오빠의 연인이 되어줄게♪』

"왜 실패하는 게 전제야!"

아카네는 꽉 움켜쥔 스마트폰에 대고 소리쳤다.

사이토는 느긋하게 욕조에서 피로를 풀고 욕실을 나왔다.

계속 싸우는 신혼 초 때와는 또 다른 느낌의 피로. 이것이 계속된다면 심장이 더는 버티지 못할 것 같아 장시간

목욕으로 시간을 벌고 있었다.

이 시간이면 이제 아카네도 잠들었겠지, 그런 기대를 품고 사이토는 침실의 문을 열었다.

하지만 침실에서는 아카네가 한창 옷을 갈아입는 중이었다.

침대에 옆으로 앉아 반나체로 잠옷 셔츠를 껴안고 있었다. 바지는 입고 있었지만, 상체는 속옷뿐. 크림색 브래지어에 딸기 무늬가 박혀 있다.

브래지어 사이로 들여다보는 새하얀 언덕.

목욕 후의 달아오른 피부.

바람에 부러질 듯 가느다란 허리가 매혹적인 곡선을 그리고 있었다.

결코 음란하지 않은, 한없이 투명하고 청아한 색기가 소녀의 온몸에서 피어오르고 있었다.

"꺅~ 나가줘~."

대본을 외우는 듯한 어설픈 대사.

하지만, 아카네는 연기로 느껴지지 않을 정도로 얼굴을 새빨갛게 물들인 채 눈을 꽉 감고 몸을 움츠리고 있었다. 그 부끄러워하는 모습이 쓸데없이 파괴력을 더 부추겼다.

"크흡……."

사이토는 자칫 이성을 잃을 뻔했지만, 자기 손바닥에 손톱을 박아 넣고 정신을 유지했다.

최종 병기 같은 공격력을 가진 나체에서 애써 눈길을 돌리며, 옷장에서 나이트가운을 꺼내 아카네의 몸에 덮었다.

　"이런 짓을 하다니, 너답지 않아. 칠칠치 못하게."

　"……윽!"

　수치심이 한계에 달했는지 소리가 되지 못한 비명을 지르는 아카네.

　"나는 어차피 칠칠치 못한 여자야! 마음껏 욕해! 경멸해! 안 해도 되는 거였다면 나도 이런 짓은 하고 싶지 않았어!"

　아카네는 창문으로 도망치려 했다.

　"야, 그만해! 여기 2층이야!"

　사이토는 아카네의 팔을 붙잡아 막았다.

　"2층이라서 뭐?! 하늘과 더 가까우니까 도움닫기 없어도 날 수 있잖아?!"

　"인간은 도움닫기를 해도 날 수 없어!"

　"나는 새야! 자유로운 하늘을 나는 날개를 갖고 있어!"

　"생전 처음 들어!"

　발버둥 치는 아카네를 사이토는 온 힘을 다해 안으로 끌어당겼다.

　창문을 닫고, 잠금도 커튼도 닫고, 안전지대인 침대까지 아카네를 연행했다.

　헉헉대며 거칠게 숨을 몰아쉬는 사이토와 아카네. 취침 직전에 하는 운동치고는 격렬했다. 아카네의 머리가 요염하게 목덜미에 달라붙어 있었다.

아카네는 새침한 얼굴로 입술을 삐죽 내밀며 중얼거렸다.

"……이런 짓, 너 외의 남자한테 할 리가 없잖아."

"뭐……? 무슨 말이야?"

무심코 흘러나온 말에서 깊은 의미를 찾고 싶어지는 것은 반한 쪽의 나약함일까.

단 둘뿐인 침실에서, 사이토는 아카네의 새콤달콤한 냄새가 짙어지는 것을 느꼈다. 아카네와 시선을 맞추는 것이 어색해서 손가락 사이로 보이는 이불 섬유를 뚫어져라 응시했다.

"그…… 바, 반응을 보고 싶었어."

"반응? ……내 반응?"

"……응."

"어째서……."

사이토는 물어보았지만, 아카네는 대답해 주지 않았다. 뺨을 새빨갛게 물들이고 이불에 손을 얹은 채 가만히 고개를 숙이고 있었다.

달콤하고 답답한 공기 속에서, 시간이 흘러갔다. 사이토가 어색하게 자세를 바꾸자, 침대 스프링이 삐걱거리는 소리가 생각보다 더 크게 들렸다.

아카네가 머뭇머뭇 사이토를 올려다보았다.

"조금은…… 두근거렸어?"

촉촉해진 눈동자가, 똑바로 사이토를 담고 있었다.

얇은 잠옷 너머로 아카네의 열기가 전해졌다.

그 존재감과, 몸을 댄 채 묻는 심문에, 저항할 수 있을 리가 없었다.

"……당연하지."

사이토는 힘겹게 목소리를 내 자백했다.

수치심이 폭풍처럼 밀려오고, 고열에 온몸이 사로잡혔다.

말해버렸다. 들켜버렸다. 더는 돌이킬 수 없다. 혼란스러워서, 이 자리에서 도망치고 싶었다.

혐오의 말이 쏟아질 줄 알았다.

"에헤헤…… 기쁘다."

하지만, 아카네는 수줍게 웃었다.

그 사랑스러운 표정, 입가에 얹은 작은 손, 수줍게 시선을 돌리는 행동에, 이번에야말로 사이토는 이성이 날아갈 것만 같았다.

왜, 내가 두근거리면 기쁜 것일까.

왜, 사이토의 반응을 시험하고 있었던 것일까.

물어보고 싶었지만, 사이토는 입을 여는 것조차 할 수 없었다. 무서울 정도로 심장이 뛰고 있어서, 자칫 방심하면 이상한 말이 튀어나올 것 같았다.

인정하자.

나는, 이 소녀에게 두근거리고 있었다.

아침에 갓 딴 레몬 같은 햇살이 가득 찬 주방.

잠에서 막 깬 사이토가 복도에서 안을 들여다보니, 오늘도 완벽하게 차려입은 아카네가 아침을 준비하고 있었다.

기본적으로 느슨한 사이토와는 달리, 아카네는 늘 머리 한 올 흐트러짐 없이 단정했다. 집에서조차 빈틈을 전혀 보이지 않는 모습은 성실한 것이 그녀다웠다.

아카네는 프라이팬에서 접시로 오믈렛을 옮기고, 완두콩과 토마토로 장식한 후, 완성도에 만족했는지 '좋아'라며 가볍게 주먹을 쥐었다. 아카네는 어떤 일에도 항상 전력을 다했다.

이 이상 몰래 관찰하고 있다가는 혼날 것 같아서 사이토는 주방으로 들어갔다. 어제의 어색한 공기는 애써 잊고, 최대한 자연스럽게 말을 건넸다.

"……좋은 아침."

"아…… 조, 좋은 아침."

수줍은 얼굴로 시선을 돌리는 아카네.

역시나 어색한 공기는 가시지 않았다. 흉터를 어루만지듯 간질거리는 감각에 사이토는 어쩔 줄 몰랐다.

"뭐 좀 도와줄까?"

"아, 으, 응. 그럼 수프용 컵을 꺼내줄래?"

"알았어."

사이토는 찬장에서 도자기 컵을 두 개 집어 아카네에게 내밀었다.

"고마워……."

컵을 받으려던 아카네의 손이 사이토의 손에 닿았다.

"힉?!"

아카네는 비명을 지르며 손을 움츠렸다. 바닥에 떨어지는 컵을 사이토는 순간적으로 캐치했다. 가까스로 아침의 참극을 막았다.

"미, 미안……."

"아니…… 내가 제대로 줬어야 했는데. 미안해."

아카네는 볼을 붉히고 걱정스러운 얼굴로 사이토의 모습을 살폈다.

"아냐, 내가 제대로 못 받았어. 정말 미안해."

이상 사태다.

고등학교 1학년 때부터 입만 열면 싸우기만 했던 두 사람, 결코 서로 먼저 사과하려 하지 않았던 두 사람이, 아침부터 필사적인 사과 대결을 벌이고 있었다.

애초에 아카네는, 이렇게 선뜻 자기 잘못을 인정하는 성격이었나? 대체 무슨 일이 일어나고 있는 것인지, 사이토는 이해할 수 없었다.

──함정인가……?

순간 의심했지만, 그런 분위기도 아니었다. 가슴 속이

간지럽고, 긴장을 풀면 금세 미소가 지어질 것 같았다.

오늘 아침 식사는 오믈렛과 브로콜리 수프, 새우마리네, 까르보나라 토스트였다.

오믈렛은 겉은 통통하고 속은 반숙으로 완벽한 굽기였다. 촉촉하게 흘러내린 계란 속에는 잘게 자른 당근이 들어가 부드러움과는 다른 식감을 오믈렛에 더해주고 있었다.

수프에는 큐브 스테이크가 들어 있어, 고기를 좋아하는 사이토를 아침부터 즐겁게 해 주려는 배려가 느껴졌다. 브로콜리의 단맛이 고소한 수프에 배어 있었다.

새우 마리네는 사과향이 나는 식초에 버무려져 있었다. 아삭함이 느껴지는 큼직한 양파 조각과 흩뿌려진 블랙페퍼가 포인트가 되었다. 큼직한 새우는 연한 분홍빛으로 잘 익어 씹을 때마다 경쾌한 탄력감이 느껴졌다.

"다 맛있다."

사이토가 소감을 밝히자, 아카네는 흠칫 놀랐다.

"그, 그래?"

"이 토스트는 처음 먹어봐."

"……응."

"까르보나라 소스를 쓴 거야?"

"으, 응."

대화가 이어지지 않았다.

두 사람은 서로 시선을 돌린 채 토스트를 먹었다. 서로

싸운 것도 아닌데, 숨 막힐 듯한 침묵이 주방을 감싸고 있었다.

사이토는 빠르게 아침 식사를 끝내고 등교 준비를 마쳤다.

현관에서 신발을 신고 있는데, 아카네가 서둘러 달려나왔다. 학생 가방을 불안정하게 들고, 카디건에서 튀어나온 넥타이는 허공에 흔들리고 있었다.

"기다려! 나도 갈래!"

"어? 항상 시간차를 두고 등교하고 있잖아."

"그, 그렇게까지 주의할 필요는 없지 않을까? 이미 소문은 사라졌고, 다들 널 히마리의 남친이라고 생각하고 있으니까."

"하지만…… 만일에라도 동거를 들키면 또 귀찮은 일이 벌어질 거야."

먼저 나가려는 사이토.

하지만 아카네가 사이토의 옷자락을 집어 멈춰세웠다.

"잠깐이라도 좋으니까, 같이 가고 싶어…… 안 돼?"

흔들리는 눈동자로, 사이토를 올려다보며 그렇게 조른다.

평소에는 자존심 센 그녀의 얌전한 모습은, 사이토의 심장을 저격하기에 충분했다.

"나는…… 상관없어."

"후후. 싫다고 해도 따라갈 거지만!"

아카네는 가죽 구두에 발끝을 집어넣고 경쾌한 발걸음

으로 현관 밖으로 나섰다. 잠금장치를 잠그는 것도 잊어버려 사이토가 대신 잠가두었다.

하늘은 맑았고, 이웃집 정원에 핀 꽃에서 달콤한 향기가 풍겨왔다. 아침의 주택가를 출근길의 직장인들이 자전거 벨을 울리며 지나갔다.

사이토 바로 옆에서 아카네가 학생 가방을 끌어안은 채 걸어갔다. 이렇게 어깨를 나란히 하자 새삼 그녀가 작다는 것을 실감했다.

둘이 등교하는 것은 거의 처음 있는 일이나 다름없었다. 예전에 늦잠을 자서 지각할 뻔했을 때 실수로 같이 등교한 적은 있었지만, 그건 어디까지나 사고였다. 하지만 이번에는 의도적으로, 심지어 아카네가 먼저 제안해 왔다.

그런데도 아카네는 대화조차 하려고 하지 않았다. 귓불을 붉게 물들인 채, 사이토와 적당한 거리를 둔 채 걷고 있었다. 그녀가 무슨 생각을 하고 있는지 알 수 없었다.

——넌 나를 어떻게 생각하고 있어?

사이토는 아카네의 옆모습을 바라보며 속으로 물었다.

학교가 끝난 사이토는 루이가 운전하는 리무진을 타고 시세이의 저택으로 향했다.

전부터 레이코가 저녁을 먹으러 오라고 재촉한 것을 계속 미루고 있었더니, 마침내 '빨리 오지 않으면 사이토의 어릴 적 목욕 사진을 관계자에게 배포하겠다'라는 협박문이 도착한 것이다.

어릴 때부터 돌봐주던 고모가 벌이는 행동치고는 너무 무섭다. 결국 사이토는 사회적 생명을 사수하기 위해 드라큘라의 저택에 방문하기로 결심했다.

최근에는 집도 안식처라고는 할 수 없는 상황이었고 (싸움 삼매경이던 때와는 다른 방향으로) 가끔은 친척들과 숨을 돌리는 것도 나쁘지 않았다.

고모 레이코, 그 남편 미하일, 시세이, 사이토 네 명이 호화로운 테이블에 둘러앉았다.

루이는 서빙 담당으로 식당 구석에 서서 대기하고 있었다. 키가 크고 단정한 얼굴을 한 그녀가 무표정한 얼굴로 똑바로 서 있는 모습은 마치 마네킹을 떠올리게 했다.

"저기, 가끔은 루이도 같이 먹으면 좋지 않을까?"

사이토가 제안하자 레이코가 눈살을 찌푸렸다.

"저 애는 사용인이야. 사용인은 주인의 식사가 끝날 때까지 밥을 먹지 않아."

"하지만 루이도 배고프잖아?"

"상관없어. 인간에게는 격의 차이라는 게 있어. 호조가에서 중시되는 건 혈통과 재능의 발현. 차를 운전하는 정도의 재능밖에 없는 저 아이는 호조의 이름에 걸맞지 않아."

가차 없는 선고.

"그렇지는⋯⋯."

반박하려는 사이토지만, 루이가 무감정한 목소리로 전했다.

"사이토 님. 쓸데없는 말씀은 하지 않으셔도 됩니다. 저는 단순한 사용인입니다."

레이코는 턱을 치켜들었다.

"거봐. 저 아이는 적어도 자신의 분수를 알고 있어. 사이토, 너도 슬슬 호조가 사람으로서의 자각을 가지렴. 지배하는 자와 지배받는 자는 사는 세계가 달라."

"⋯⋯."

훈계하듯 전하는 말에 사이토는 침묵했다.

레이코의 남편 미하일은 체념한 얼굴로 어깨를 으쓱했다. 그는 호조가 외의 사람이었지만 레이코에게는 당해내지 못했다.

사이토가 보기엔 호조가든 어디든 인간은 인간에 지나지 않고, 단순한 하나의 탄소 생명체에 지나지 않는다고 생각하지만, 호조가의 어른들은 그 일에 관해서는 완고했다. 오래전부터 이어져 온 특권 계급의 자존심 때문일까.

옆자리에 앉은 시세이가 스테이크를 한입 가득 베어 물고 엄지를 치켜세웠다.

"인류는 평등해. 모두 평등하게 시세의 위장으로 떨어질 운명."

"아아, 그러게. 넌 그렇겠구나."

사이토는 시세이의 머리를 쓰다듬었다.

같은 호조가라도 새로운 세대는 인식이 다르다. 오래된 관습은 사이토가 당주가 된 뒤에 바꿔나가면 될 일이었다.

타고난 아가씨답게 레이코가 우아하게 스테이크를 썰어 입에 넣었다.

"그보다 집은 어때? 어차피 매번 싸움만 하고 있겠지?"

"아니, 요즘은 싸움이 많이 줄었어."

"어머, 그래? 아쉽네."

"왜 아쉬워하는 거야……."

사이토는 쓴웃음을 지었다.

"만약 저쪽이 불편하면 언제든지 우리 집에 머물러도 돼. 사이토가 있어야 할 곳은 이 집이니까."

"고마워."

본심으로 감사했다.

만일의 경우에 피난할 장소가 남아 있다는 것이, 어린 시절부터 얼마나 큰 위안이었는지 모른다. 외부 사람에게는 엄격한 면이 있긴 하지만, 레이코는 가족에 한해서는 애정이 많은 사람이었다.

하지만 어디까지나 이 저택은 시세이의 집이었다. 사이토는 외부인이고, 일시적으로 초대받은 것에 지나지 않는다. 착각해서 동정심에 어리광을 부린다면 언젠가는 고모도 싫증이 날지도 모른다. 그것만은 피하고 싶었다.

　저녁 식사가 끝나자, 사이토는 시세이의 방으로 들어 갔다.

　실내에서는 시세이가 캐노피 침대의 끝에 앉아 비눗방 울을 불고, 터져서 방이 더러워지기 전에 루이가 뛰어다니 며 잡아채는 수수께끼의 놀이가 펼쳐지고 있었다.

　"……그게 즐거워?"

　사이토는 시세이의 의자에 앉아 물었다.

　고개를 끄덕이는 시세이.

　"루이가 열심히 뛰어다니는 모습을 보는 게 재밌어. 인 체의 한계를 뛰어넘어줘."

　투기장을 내려다보는 귀족의 소감이었다.

　"저는 아가씨에게 농락당하는 것이 즐겁습니다."

　루이는 벽에 충돌하기 직전까지 달려가더니 벽을 수직 으로 달려 비눗방울을 잡아챘다. 도저히 실내용으로는 느 껴지지 않는 액티브한 스포츠다.

　"서로 납득하고 있다면 상관없지만……."

　외부인이 참견할 일은 아니었다.

　"시세는 오빠도 뛰어다녔으면 좋겠어."

　"아니, 난 피곤해……."

　루이가 사이토를 노려보았다.

　"아가씨의 명령을 거역하다니, 뭐 하는 거죠! 제가 훨씬 더 피곤해요!"

"하루 종일 일했으니까 그렇겠지."

"아닙니다! 오늘은 아가씨를 모시러 가기 전까지 하루 종일 산을 달렸기 때문입니다! 옛날에 항쟁하던 팀에서 레이스 싸움을 걸어왔거든요!"

"그냥 즐겼을 뿐이잖아! 그보다 항쟁?! 넌 어떤 인생을 걸어온 거야?!"

"……크흠. 크흠, 크흠, 크흠, 크흠. 아주 평범한 인생입니다."

"그런 것치고는 헛기침이 심한데…….'

"사이토 님에게서 발생하는 유독 물질이 목에 걸려서요."

"나는 독 같은 건 안 뿜었어!"

이전부터 일반인이 아니라는 느낌은 들었지만, 역시 위험인물이었나. 사이토는 그렇게 생각하며 다시 한번 경계를 강화했다. 왜 이런 메이드가 시세이의 측근으로 채용된 것인지 점점 더 이해할 수 없었다.

시세이가 사이토에게 다가왔다.

"오빠는 안 뛰어다녀?"

"그러니까 난…….'

사이토는 거절하려고 했지만.

"시세는 오빠를 농락하고 싶어."

시세이가 사이토 무릎에 손을 얹고, 다른 한 손을 동그랗게 말아 입가에 대고, 아기 고양이처럼 어리광을 부렸다. 아름다운 보석 같은 눈동자가 빛나고, 석고 세공 같은 뺨이 사랑스럽게 물들었다.

"큭······!"

초절정 미소녀 조르기 모드에 들어간 시세이에게 대항할 수 있는 지적 생명체는 존재하지 않았다. 오빠의 탄탄한 이성으로도 방어벽은 순식간에 부서지고 만다.

몇 분 뒤, 사이토는 세숫대야를 끌어안고 실내를 누비고 있었다.

"어느 쪽이 더 많이 비눗방울을 모을 수 있을지 승부~."

시세이는 인간이라는 생각이 들지 않을 정도로 깊게 숨을 들이마시더니 대량의 비눗방울을 뿜어냈다. 실내가 무지개색의 거품으로 가득 차면서 마치 탄막 게임 같은 양상을 띠기 시작했다.

"동정이신 사이토 님 따위가 절 이길 수 있을 리가 없습니다."

"동정은 관계 없잖아?!"

"있습니다. 동정은 뭘 해도 안 된다, 이것이 세계의 진실입니다."

루이는 세숫대야를 양손에 하나씩 들고 마치 질풍처럼 침대 위를 가로질렀다. 한 번에 두 배의 비눗방울이 세숫대야에 모여들었다.

"그건 반칙 아냐?!"

"반칙은 하지 않았습니다. 이것은 저의 비전 이도류……
아니, 이세숫대야류니까요."

"이세숫대야류?!"

박식한 사이토조차 알 수 없는 어휘가 펼쳐졌다.

이런 이질적인 공간에 더 이상 있고 싶지 않았지만, 싸
움은 이제 막 시작되었다.

시세이는 책상 끝에 앉아 다리를 흔들며 깃발을 휘둘렀다.

"힘내~."

"잠깐?! 시세가 휘두르는 거, 깃발이 아니라 내 팬티 아
냐?!"

어느새 실종되었던 아이템이 자랑스럽게 나부끼고 있
었다.

시세이는 엄숙하게 선언했다.

"오빠의 팬티는 우리 일족의 상징. 알파 센타우리에 착
륙하면, 이 팬티로 영토를 증명한다."

"일족의 치부를 드러내지 마!"

"치부 아니야. 국보급 물건. 오빠는 좀 더 팬티에 자부심
을 가져도 돼."

"가질 수 있겠냐!"

"오빠의 팬티에서 방출되는 에너지포는 행성을 순식간
에 증발시킨다."

"팬티의 영역을 넘어섰잖아!"

"한눈을 팔면 죽음입니다!"

사이토가 회수하려던 비눗방울을 향해 루이의 세숫대야가 고속으로 회전하며 달려들었다.

무시무시한 회전날의 풍압. 하마터면 손이 잘릴 뻔한 사이토는 자신의 세숫대야를 배에 끌어안고 후퇴했다. 시세이의 인형 컬렉션이 충격을 흡수해 주었다.

"놀이로 사람을 죽이지 마!"

루이는 메이드복 치맛자락을 두 손으로 잡고 우아하게 예를 표했다.

"저에게 살의는 일절 없습니다. 차기 당주가 되실 사이토 님을 죽이다니, 당치도 않은 일입니다."

시세이가 입술에 검지를 대고 말했다.

"승자에게는 부상으로 시세의 이마 키스를 하사한다."

"딱히 필요 없……."

사이토가 말을 끝맺기도 전에 악귀가 된 루이의 손톱이 날아왔다.

몸을 뒤로 젖히며 피하는 사이토. 루이의 주먹이 카펫에 박히자 강한 충격과 돌풍이 일어났다. 천장의 샹들리에가 흔들리며 금속음이 울려 퍼졌다.

루이는 온몸에서 투기를 내뿜으며 양손을 늘어뜨린 채 서 있었다. 역광인 검은 그림자로 가려진 얼굴 속에서, 밤의 짐승 같은 눈이 번뜩였다.

"사이토 님은…… 여기서 죽어주셔야겠습니다."

"살의가 없다더니!"

"아가씨를 위해서라면 저는 만물을 멸망시킬 수 있습니다. 아아, 아가씨의 키스…… 이마 키스…… 키스키스키스……."

양팔을 흔들며 서서히 다가오는 루이. 확실하게 상완 이두근의 사이즈가 커졌고, 송곳니를 드러낸 입에서는 흉악한 신음이 새어 나왔다.

"기권! 기꿔어어언——!"

사이토는 즉시 세숫대야를 바쳤다.

치맛자락 밑에 권총을 숨기고 다니는 메이드와는 죽어도 사투 따위 벌이고 싶지 않았다. 사이토는 어디까지나 일반 시민에 지나지 않았다.

"축하해. 우승자는 이쪽."

시세이의 손짓에 따라 루이가 책상 앞에 무릎을 꿇었다. 시세이는 루이의 앞머리를 걷고 둥근 이마에 입술을 눌렀다.

"하아아아아…… 아가씨의 입술이…… 내, 몸에……."

루이는 황홀함에 몸을 떨었다. 부릅뜬 눈의 초점은 맞지 않았고, 윤기 나는 입술에서는 희미하게 침이 흐르고 있었다.

"아, 오늘 로그인 보너스나 받아야겠다⋯⋯."

사이토는 이미 플레이를 중단했던 스마트폰 게임을 시작했다. 이미 컴백 보너스를 받을 수 있는 상황이었지만, 아가씨와 메이드의 아름다운 추태를 보는 것은 눈에 해로웠다.

적당히 보너스를 받고 앱을 껐다. 화면의 시계를 보니 21시가 되어 있었다. 저녁은 시세이의 저택에서 먹는다고 전했지만, 너무 늦으면 아카네가 화를 낼지도 모른다.

"이제 그만 가볼게."

몸을 일으키는 사이토에게 시세이가 달려왔다.

"자고 가도 되는데."

"오늘 밤은 돌아간다고 아카네한테 말했으니까."

루이가 뒤에서 사이토의 어깨에 손을 얹고 조용히 속삭였다.

"자고 가신다면 제가 등을 씻겨드리겠습니다."

"겸사겸사 욕조에서 익사할 것 같으니까 사양할게."

이 극악 메이드의 살의는 방금 막 증명이 끝났다.

"그렇군요⋯⋯. 머지않아 일족의 여자는 모두 사이토 님의 소유가 될 테니 후일의 즐거움을 위해 남겨두겠다는 뜻이군요."

"오빠 저질⋯⋯ 그런 걸 생각하고 있었다니⋯⋯."

루이와 시세이가 함께 몸을 꼬며, 보란 듯이 뺨을 물들이고 애교를 부린다. 외모도 그렇고 분위기도 그렇고, 이 두 사람은 정말 자매처럼 닮았다.

"하여간……."

사이토는 한숨을 내쉬었다.

"그러고 보니 시세한테 좀 상담하고 싶은 게 있었는데."

"얼마나 필요해?"

시세이가 지갑을 꺼냈다.

"빈대는 죽이죠."

루이가 권총을 꺼냈다.

"돈에 관한 상담이 아니야."

"인생 상담? 그거라면 이 인생 경험이 풍부한 시세에게 뭐든 말해."

시세이는 가슴을 펼쳤지만, 겉모습은 초등학생이다. 발끝으로 서서 까치발을 해도 그 사실은 변하지 않았다.

사이토는 말을 주저했다.

"그…… 만일의 이야기인데, 여러 가지 대담한 일을 벌이고 내 반응을 보고 싶어하는 녀석이 있다고 치자. 그 녀석은, 나를…… 어떻게 생각하고 있는 걸까?"

루이가 즉답했다.

"저는 아무 생각도 없습니다."

"그건 알아."

"정확히 말씀드리면, 아가씨에게 해를 끼치는 벌레라고

생각하고 있습니다."

"그것도 알아."

아무리 연애와 인연이 없는 사이토라고 해도, 루이의 유혹이 호감의 표시라고 착각할 정도로 순진하지는 않았다. 유혹에 넘어간다면 그날이 곧 사이토의 제삿날이 될 것이다.

시세이가 고개를 갸우뚱했다.

"오빠의 반응을 보고 싶어하는 건, 아카네?"

"뭐?! 아니아니아니아니! 그럴 리가 없잖아?!"

사이토는 폭포수 같은 식은땀을 흘렸다.

"하지만 오빠 도시락에 하트 마크를 그린 적도 있었어."

"그건 그냥 장난이지!"

"몰래 오빠한테 이마를 쿵 부딪히기도 했어."

"보고 있었어?!"

흠칫 놀란 사이토의 뺨에 시세이가 검지를 찔렀다.

"다 알아."

"윽……."

시세이의 눈을 속이는 것은 불가능했다. 어릴 때부터 시세이의 통찰력은 남달랐고, 그녀와 함께 지내온 사이토에 대해서는 특히나 더 잘 알았다.

"오빠의 반응을 보고 싶어하면, 그냥 보여주면 돼."

"아니…… 위험하잖아. 상대의 목적도 파악하지 못했는

데 이쪽의 패를 드러내는 건. 약점을 잡힐지도 몰라."

비즈니스 자리에서 이쪽의 진의나 욕망을 드러내지 않는 것이 중요하다는 사실은 텐류에게서 배운 제왕학의 철칙이었다.

"패라거나, 약점이라거나, 그런 걸 일일이 고민하고 있으니까 안 되는 거야. 오빠는 좀 더 짐승이 될 필요가 있어."

루이는 손을 입가에 가져간 채 진지한 얼굴로 고민했다.

"좀 더 성욕에 몸을 맡기고 아가씨와 절 덮쳐야 한다……라는 뜻이군요."

"음."

고개를 끄덕이는 시세이.

"굉장한 속도로 이야기가 바뀌었는데?!"

"미안. 시세 쪽이 짐승이 돼 버렸어."

"욕망에 충실한 아가씨도 멋지십니다!"

침을 흘리는 시세이의 모습에 손수건으로 눈가를 누르며 눈물을 쏟아내는 루이. 이 주종의 흐름을 사이토는 따라잡기 힘들었다.

"오빠와 아카네는 압도적으로 의사소통이 부족해. 전보다는 나아졌지만, 아직 서로에게 벽이 있어."

"벽……이라."

"오빠는 좀 더 아카네와 많은 대화를 나눠야 해. 꾸밈없고, 방어하지 않는, 솔직한 말. 오빠의 마음을, 제대로 아카네에게 알려줘."

그렇게 타이르는 시세이는 희미하게 미소 지은 것처럼 보였다.

그 잔잔한 목소리가, 사이토의 가슴에 저항 없이 스며들었다. 정말로 시세이는, 이 여동생은, 사이토의 행복을 진심으로 생각해 주고 있었다.

"……알았어. 노력해 볼게."

"아카네와 사이좋게 지내."

시세이는 발끝으로 서서 사이토의 머리를 톡톡 두드렸다. 사이토보다 훨씬 작은 체구인데. 마치 어른이 아기를 달래주는 태도였다.

"아카네 이야기는 아니지만! 아무튼 고마워."

사이토는 시세이를 가볍게 안아주고는 방을 나섰다.

레이코의 운전사가 사이토를 차에 태우고 저택에서 빠져나갔다.

루이는 현관에서 시세이 곁에 서서 사이토를 배웅했다.

조금 전까지 엄마처럼 사이토를 설득하던 시세이는, 이제는 나이에 걸맞게 쓸쓸한 표정으로 작은 손을 흔들고 있었다.

줄곧 가까이서 시세이만을 바라봐 왔던 루이는 주인의 사소한 감정의 변화도 읽을 수 있었다. 다른 누구도 시세이를 이해하지 못한다 해도, 루이만은 이해하고 있었다.

"그 허세 가득한 동정이 솔직한 반응을 보여줄 일은 없을 것 같습니다."

그러니 사이토와 아카네가 진정한 의미로 이어질 일은 없을 것이다, 라는 의미를 담아 루이는 시세이를 위로하려 했다.

"오빠는 허세 부리는 게 아니야. 오빠는 정말 멋있어."

루이의 의도가 전해진 것인지, 아닌 것인지.

아니, 시세이는 루이 따위와는 비교할 수 없을 정도로 총명하다. 모든 것을 알고서도 굳이 그런 말을 하는 거겠지.

"어째서…… 저 남자인가요?"

다른 사람이었다면 얼마든지 시세이 마음대로 조종할 수 있을 텐데.

"본능."

"본능……?"

시세이는 조용히 말했다.

"생물의 호감은 이치로 설명할 수 있는 게 아니야. 그저 존재하는 것만으로도, 끌리게 돼. 어쩔 수 없이 눈으로 좇게 돼. 그것이 본능."

"……."

루이는 부정할 수 없었다.

왜냐하면 그 본능은 자신이 가장 잘 알고 있었기 때문

이다. 시세이 이외의 주인을 섬길 바에야 죽는 편이 나았다. 시세이를 구할 수만 있다면, 이 쓰레기만도 못한 생명은 던져버릴 수도 있었다.

그것이 루이의 본능.

"……제가 어떻게든 하겠습니다."

주인에게 들리지 않는 작은 목소리로, 루이는 저주처럼 속삭였다.

점심시간. 아카네가 4층 복도에서 내려다보자, 사이토가 안뜰 벤치에서 독서하고 있었다.

팬인 여자애들에게 끌려갔는지 시세이의 모습은 보이지 않았다. 사이토와 시세이는 둘이 함께 보내는 경우가 많기 때문에 지금이 기회였다.

아카네는 계단을 뛰어내려 안뜰로 나갔다. 발소리를 죽이고 사이토 뒤에서 살금살금 다가갔다.

사이토 어깨에 손을 얹고 귓가에 속삭인다.

"오늘 밤은 네가 좋아하는 음식을 만들어 줄 테니까, 빨리 돌아와."

"윽?!"

그 즉시 돌아보는 사이토. 목이 부러지지 않았을까 걱정될 정도의 속도였다.

"방금 그건 두근두근했어?"

"뭐, 응……."

사이토는 얼굴을 붉게 물들이고 있었다.

"후후. 넌 이런 거에 약하구나."

"……불시에 공격하니까 그렇지."

불만스러운 표정의 사이토.

"그래, 그래. 패배자의 변명은 안 들려."

아카네는 코웃음을 치며 그 자리에서 떠나버렸다. 너무 오래 이야기하고 있으면 자신이 두근거리고 있다는 사실을 들킬 것 같았다.

——너무 즐거워!

처음으로 사이토보다 우위에 서 있다는 실감이 들어, 아카네의 발걸음이 들떴다. 아직 성적으로는 이기지 못했지만, 이 방향이라면 이길 수 있을 것 같았다.

게다가 사이토가 아카네를 이성으로 의식하고 있고 두근거림을 느껴준다면…… 어쩌면 아카네에게도 희망이 있을지도 모른다.

——어쩌면, 어쩌면, 같은 마음이 될 수도 있지 않을까?!

생각만으로도 몸이 둥실둥실 떠올라, 아카네는 불타오르는 뺨을 감싸 안고 몸을 비틀었다.

흥분한 탓에 어느새 옆에 루이가 서 있다는 것도 알아차리지 못했다.

"사이토 님은 옛날부터 쭉 마음에 두고 있는 분이 계십니다."

아주 직설적으로, 아주 태연하게, 루이가 그렇게 말했다.

갑작스러운 출현과 예상치 못한 정보에 아카네는 순간 이해하지 못했다.

"루, 루이 씨……? 마음에 둔 분이라는 게 무슨……?"

"사이토 님께는 첫사랑이 있다고 말씀드린 겁니다. 동정이라 아직도 상대에 대한 미련을 품고 잊지 못하고 계십니다."

"어, 어떻게 그런 걸 알고 있는……."

"저는 시세이 님 옆에서 사이토 님을 지켜봤으니까요. 뭐, 이 정보는 시세이 님이 알려주신 거긴 하지만요."

아카네는 발밑이 흔들리는 것을 느꼈다.

"그…… 첫사랑은 누군가요? 제가 아는 사람?"

"이름은 모르지만, 아카네 님이 아니라는 것만은 확실합니다. 청초하고 가련하고 고귀한 아가씨였다고 하니까요. 호조가의 차기 당주 되실 분은 우리들 서민과는 다른 세계에 살고 계십니다."

"……."

가슴속에서 쓴맛이 치밀어올랐다.

더 이상 듣고 싶지 않았다. 하지만 듣지 않을 수 없었다.

"상대는 당주와의 인연으로 만났다고 합니다. 벽창호 같은 사이토 님이 그 여자와는 첫 만남부터 잘 맞아서 그대로 반하셨다고. 사이토 님은 몇 년이 지나도 첫사랑인 그 상대를 찾고 계신다고 했습니다."

"거, 거짓말…… 사이토가 그렇게…… 로맨틱한 녀석일 리가……."

"사실입니다."

루이가 아카네에게 얼굴을 들이밀었다.

로봇처럼 무기질적으로 가라앉은 두 눈이 차갑게 아카네를 응시하고 있었다.

"그 증거로, 사이토 님은 지금도 그 상대에게서 빌린 손수건을 소중히 간직하고 있습니다. 집에 가서 확인해 보시는 게 어떤가요……?"

공손한 말투였지만, 적의가 배어 나오는 목소리.

"레이코 씨뿐만 아니라 당신도 절 싫어하는 건가요?"

아카네가 살짝 뒤로 물러섰다.

"아니요. 아카네 님에 대해서는 아무런 감정이 없습니다. 다만 아가씨의 길을 막아서는 돌은 제거해야겠다고 생각할 뿐입니다."

"저는 돌이 아니……!"

"착각하지 마세요. 사이토 님은 결코 아카네 님께 호감을 품고 있지 않습니다."

"……윽!"

"다만 사이토 님은 익숙하지 않은 이성이 접근해서 두근거리고 있을 뿐. 제가 다가가도 같은 반응을 보이십니다."

루이는 아카네의 입술에 검지를 대고 지옥의 악귀처럼 속삭였다. 칼날보다 더 날카로운 눈동자에는 아카네의 모습조차 비치지 않았다.

아카네는 주먹을 불끈 쥐고 루이 앞에서 달려갔다.

자정이 지나도 아카네가 침실에 오지 않았다.

침대에 혼자 누워있으려니 좀 쓸쓸해져서, 결국 사이토는 침실을 나왔다. 아카네의 공부방 문을 가볍게 두드렸다. 들어와, 라는 소리를 듣고 문을 열었다.

실내에는 잠옷 차림을 한 아카네가 책상을 바라보고 있었다. 책상 위에는 참고서와 노트.

"안 잘 거야?"

사이토가 불렀지만, 아카네는 돌아보지 않았다.

"내일은 수학 시험이 있거든."

쌀쌀맞은 대답.

그 후에도 노트 위를 따라 묵묵히 샤프 펜슬을 계속 움직이고 있다.

오늘의 아카네는 저녁 식사 때도 말이 없었고, 다 먹은 뒤에는 곧바로 공부방으로 들어가버렸다. 최근에는 태도가 부드러워진 것처럼 보였는데, 오늘 밤은 옛날의 서먹서먹한 관계로 되돌아간 것 같았다.

"내가…… 뭔가 실수라도 했어?"

"별로."

"별로, 가 아니잖아."

"아무것도 아니라고 했잖아!"

아카네가 소리쳤다.

그리고 또다시 침묵. 아카네의 가녀린 어깨가 떨리고 있었다.

답답한 공기에 짓눌릴 것 같아서, 사이토는 입을 열었다.

"……공부, 알려줄까?"

"뭐?! 날 바보라고 생각하는 거야?! 여유롭게 내려다보는 게 즐거워?!"

아카네가 돌아서서 사이토를 노려보았다.

무심코 반박하려던 사이토는, 꾹 참았다. 이대로 간다면 언제나처럼 싸움만 날 것이다. 좋아하는 상대에게 슬픈 얼굴을 짓게 하고 싶지도, 상처를 주고 싶지도 않았다.

시세이는 이렇게 말했다── 자신의 감정을 솔직하게 아카네에게 알려줘야 한다고.

아직 연정을 털어놓기엔 허들이 너무 높았지만, 적어도 아카네에게 악의를 품고 있지 않다는 것은 부끄럽더라도 전해야 했다.

"난…… 너를 바보라고 생각한 적은 한 번도 없었어."

"거짓말. 열심히 해도 성적으로 이기지 못하는 날 바보라고 생각하고 있잖아!"

아카네는 분한 얼굴로 입술을 깨물었다.

"성적은 인간의 성질 중 극히 일부일 뿐이야. 성적이 인간의 전부인 것도 아니고, 머리가 좋다고 다 잘난 것도 아니야."

"넌 언제나 잘난 척하잖아."

"그건…… 그것도 내 성질의 일부야."

사이토로서는 평범하게 행동하고 있는 것이지만, 남이 보기엔 잘난 척하는 것처럼 보일지도 모른다. 안 그래도 성격 때문에 손해를 보고 있으니, 말이라도 제대로 전해야 했다.

사이토는 수치심과 싸우며 말했다.

"성적 같은 것보다, 아카네에게는 존경할 만한 점이 많아."

"뭐, 뭐?! 어떤 부분인데?!"

눈이 휘둥그레지는 아카네.

"여, 여러 가지……."

"여러 가지가 뭔데?! 제대로 알려줘!"

아카네가 의자에서 뛰쳐나와 사이토 곁으로 달려왔다. 가슴팍을 움켜쥐고 기대에 찬 눈빛을 보내온다.

"그, 글쎄…… 예를 들면……."

"예를 들면?!"

반응이 과하다.

방금까지의 어색한 공기는 대체 어디로 갔을까. 사이토가 그런 의문을 느낄 정도로 아카네는 눈을 반짝거리며 폴짝폴짝 뛰고 있었다. 아카네의 앞머리가 사이토의 얼굴에 스쳐서 간지러웠다. 알려줘, 알려줘! 라는 오라가 전신에서 뿜어져 나왔다.

　사이토는 포기했다.

　"역시 너무 민망해. 좀 봐줘."

　"봐주지 않을 거야! 정좌한 사이토의 무릎에 갓 구운 계란프라이를 올려두고 알아낼 거야!"

　"뭐야, 그 가정에서 할 수 있는 잔혹한 음식 고문은!"

　"어깨에는 갓 구운 크루아상을 올릴 거야!"

　"음식으로 고문하지 마!"

　여전히 무서운 소녀다. 그러나 사이토가 반해버린 소녀이기도 했다.

　"어쨌든, 넌 대단하다는 거야."

　"뭔가 대충 넘기는 것 같은 느낌인데……."

　뾰로통한 표정의 아카네.

　"공부를 알려주겠다고 한 건, 아카네가 무리하지 않았으면 해서였어. 또 아프면 큰일이잖아. 난……."

　사이토는 심호흡하고서 말을 쥐어짰다.

　"……네가 웃고 있기를 바라니까."

　"무슨……."

아카네의 뺨이 순식간에 홍조를 띠었다.

불쾌하게 만든 것은 아닐까. 사이토는 불안한 마음에 속이 타들어 갈 것 같은 심정이었다.

아카네는 부끄러운 얼굴로 눈을 돌리고 작은 목소리로 물었다.

"그, 그럼…… 알려 줄래?"

"아, 응."

의외로 솔직한 말이 돌아와 사이토는 가슴이 뛰었다.

"이쪽이야!"

아카네는 사이토의 소매를 잡더니 책상 앞으로 끌고 갔다. 의자에 풀썩 앉아 허벅지 사이 손을 찔러 넣은 채 뚫어져라 올려다본다.

"내가 만족할 때까지 재우지 않을 거야."

"최선을 다할게……."

설탕 과자처럼 달콤한 분위기 속에 단둘만의 스터디가 시작되었다.

다음 날 사이토는 수마에 죽어가고 있었다.

스터디는 그럭저럭 마무리되어 오전 3시쯤에 끝났지만, 솔직한 아카네의 태도가 너무 귀여운 나머지 그 후에도 쉽게 잠들지 못한 것이다.

정신을 차렸을 땐 이미 아침이었고, 아카네가 프라이팬

에 계란프라이를 얹어 침실까지 와 있었다. 사이토가 빠르게 잠에서 깰 수 있었던 것은 계란프라이 고문에 대한 공포 덕분이었다.

수학 쪽지 시험 시간이 되고, 교실에 답안지가 배부되었다.

수면 부족이라고는 하지만 그 정도로 테스트를 풀지 못하는 사이토는 아니었다. 언제나처럼 여유롭게 샤프심을 꺼내 문제를 대충 훑으려고 했다.

하지만 시선을 느끼고 손을 멈췄다.

아카네가 사이토 쪽을 바라보며 수줍은 얼굴로 미소를 짓고 있었다. 입 주위에 손바닥을 얹고 소리를 내지 않고 입술 모양으로 '공부, 고마워'라고 전해 온다.

사이토는 가슴을 누르고 눈을 돌렸다.

격렬하게 날뛰는 심장. 가뜩이나 요즘은 심란한 나날의 연속이었는데, 그런 귀여운 짓을 당하면 더더욱 정신이 혼란스럽다.

——이건 함정이다! 아카네의 함정이야! 난 지금 정신 공격을 당하고 있어! 귀여운 얼굴을 하고 있지만 저 녀석은 악마다!

사이토는 음모론을 필사적으로 되뇌며, 샤프의 뾰족한 끝으로 손등을 연타해 매력 공격에 맞서 싸웠다.

"이봐, 호조?! 정신 차려! 미친 거냐?!"

교사들이 걱정했지만, 그 말 그대로 미칠 것 같았다.

방과 후.

아카네는 돌아온 답안지를 품에 안고 사이토가 있는 자리로 다가갔다.

자신이 할 수 있는 모든 것을 했다고 생각하지만, 이번에야말로 이길 수 있을까. 꽉 움켜쥔 답안지엔 주름이 져 있고, 긴장한 땀으로 축축했다.

"사, 사이토? 어땠어?"

아카네가 말을 걸자 사이토가 답안지를 보여주었다.

99점.

아카네의 점수는 100점.

"이겼다! 이겼다, 이겼다, 이겼다! 이겼어~~!"

아카네는 답안지를 들고 펄쩍 뛰었다.

기쁘다. 어쨌든 기쁘다.

근소한 차이였지만, 마침내 필기시험에서 사이토를 이길 수 있었다. 입학한 이후로는 잠자는 시간도 아껴가며 열심히 노력해서, 드디어 사이토를 따라잡을 수 있었다. 사이토 옆에 어깨를 나란히 할 수 있었다.

사이토는 할복을 앞둔 무사의 얼굴을 했다.

"변명 따위 하지 않아. 원하는 만큼 자랑해. 나도 알아……이제부터 난 개 취급을 받게 되겠지."

"안 해! 왜 그렇게 되는 거야?!"

"한 가지 부탁이 있어. 개집에서 자는 건 사양하고 싶어. 식사도 개 사료 말고 다른 걸로 해 줘. 그리고 화장실도 애견용 말고 인간용이……."

"하나뿐이 아니잖아! 평범하게 그냥 인간으로 살아!"

사이토의 각오가 너무 비장해서 아카네는 당황했다.

당황스러운 것은 사이토도 마찬가지였다.

"그게 무슨 말이야……? 날 굴복시켜서 지배하기 위해 성적으로 날 이기려고 했던 거 아냐? 넌 그런 녀석이라고 생각했는데……."

"내 이미지가 너무 나쁘지 않아……?"

연정과는 거리가 먼 감정을 품고 있는 것 같았다.

아카네는 슬픔을 느끼면서, 애초에 자신이 왜 사이토를 이기고 싶어 했는지에 대해 생각했다.

잘난 척하는 것이 싫어서 코를 납작하게 눌러주고 싶다고 생각한 것도 맞지만, 그것이 전부는 아니었다. 실제로 이겨 본 덕분에 알게 된 것이지만, 그 동기는 극히 일부였다.

아카네는 중얼거렸다.

"그렇구나…… 나는, 너랑 같은 세계에서 살고 싶었던 거야."

"같은 세계인데? 지구잖아."

"그게 아니라. 너와 같은 라인에 서고 싶었어."

"……?"

사이토는 영문을 모르겠다는 표정을 짓고 있었다.

그와는…… 태어난 세계도, 자란 세계도 달랐다.

이런 학교에 다니고 있어도, 사이토는 호조가의 도련님이자 차기 당주다. 경영자나 정치가, 유명인 등 높은 사람들과 자연스럽게 대화하고, 그들에게 떠받들어지는 존재였다.

고등학교에서 재회했을 때 사이토에게 완전히 잊혀졌다는 것을 알고, 아카네는 그 사실을 통감했다. 이쪽은 다시 만나기만을 고대하고 있었는데, 사이토에게는 길가의 돌멩이 만큼이나 아무 의미 없는 존재였다.

그래서 적어도 공부로는 그를 이겨서, 사이토에게 자신의 존재를 각인시키고 싶었다. 그런데도 사이토는 아카네의 도전을 받아들일 생각조차 하지 않았고, 그것이 답답했다. 어떻게든 사이토를 때려눕혀서, 자신이 맛봤던 억울한 감정을 사이토에도 맛보게 하고 싶었다.

아카네는 사이토를 똑바로 가리켰다.

"이제 날 두 번 다시는 잊지 못하겠지! 누가 뭐래도 사상 최초로 널 패배하게 만든 인간이니까!"

"그게 아니더라도, 널 잊을 수는 없을 거야."

"어……? 그게, 무슨……."

"아…… 아니, 지금 건 그……."

말문이 막힌 사이토. 목덜미가 새빨개졌다.

뭔가 중요한 말을 하려다가 도중에 멈춘 느낌이 들었다.

아카네는 사이토를 다그쳤다.

"제대로 알려줘! 어째서 날 잊을 수 없다는 거야?! 응? 응? 알려달라니까!"

사이토는 어색한 얼굴로 붉어진 얼굴을 손바닥으로 가렸다.

"별거 아니야."

"그럼 왜 빨개진 건데?!"

"나는 피하 모세혈관을 내 의지로 확장시킬 수 있어…… 그뿐이야."

"모세혈관의 프로야?!"

"블러디 위저드라고 불러줘."

전혀 의미를 알 수 없었지만, 어쨌든 사이토가 쑥스러워하고 있다는 것만은 확실했다. 그리고 그 수줍음이 아카네에게서 비롯되었다는 것도. 이유는 모르겠지만, 분명 나쁜 것은 아닐 것이다.

아카네는 몸 속이 간질거리는 기분을 느꼈다. 사이토에게 달려들고 싶은, 그런 충동. 여기는 학교였고, 물론 집에서도 하지는 못하겠지만.

"나, 난 이만 가볼게."

사이토가 의자에서 일어나 가방을 안고 걸어가려고 했다.

"아! 잠깐만!"

불러세우는 아카네.

"왜?"

뒤돌아보는 사이토.

"그, 그게…….."

좀 더 사이토와의 거리를 좁히고 싶었다. 여러 가지 것들을 하면서, 두 사람만의 시간을 보내고 싶었다. 지금이라면 마침 분위기도 좋으니 사이토도 받아줄지도 모른다.

"저기…… 오늘, 같이 돌아가지 않을래?"

"뭐……?"

"재료 같은 것도 슬슬 사야 하고! 티슈나 샴푸도 좀 부족한 게 있었던 것 같아서!"

아카네는 필사적으로 말을 이었다.

이것은 구실이었다. 사실은 사이토와 데이트를 하고 싶을 뿐이다. 하지만 아카네는 사이토를 데이트에 초대할 용기가 없었고, 사이토도 아카네와는 데이트를 하고 싶어할 리가 없었다.

그때, 루이를 선두로 히마리와 마호와 시세이가 다가왔다.

"두 사람, 쇼핑 가는 거야? 나도 가고 싶어!"

"나도, 나도!"

"맛있는 건 놓칠 수 없어."

금세 사이토와 아카네 주위를 에워쌌다.

"아……."

주춤하는 아카네.

"쇼핑이 아니야. 그냥 필요한 것 좀 사려고."

"알고 있어, 오빠. 나는 오빠를 샀으니까!"

"사지 마."

"치사해, 나도 사이토 군 사고 싶어!"

"5억까지라면 낼 수 있어. 이건 착수금."

시세이가 갖고 있던 도토리를 사이토의 손에 살짝 쥐어
주었다.

"필요 없어. 돈도 아니고."

"도토리는 맛있어."

다람쥐처럼 도토리를 갉아먹는 시세이.

"가열한 후에 먹어."

사이토는 도토리를 시세이의 입에서 꺼냈다.

루이가 손을 들었다.

"여러분들, 이동은 제게 맡겨주세요. 모처럼의 기회이니
프린세스 쇼핑 플라자까지 가보는 건 어떨까요?"

마호가 폴짝 뛰며 기뻐했다.

"새로 생긴 쇼핑몰이잖아! 가보고 싶었는데~!"

"다 같이 드라이브라니, 재미있을 것 같아. 마침 옷도 사
고 싶었는데!"

히마리도 의욕을 보였다.

"오빠는 어떻게 할래?"

시세이가 확인했다. 고민하는 사이토.

"뭐…… 차가 있으면 식재료를 대량으로 살 수 있으니까 합리적이겠네. 프로틴 재고도 더 필요했고. 가게는 가까운 곳이 좋을 것 같지만."

"에이, 그건 재미없잖아. 나도 짐 잔뜩 옮겨줄 테니까 가자? 응?"

마호는 사이토에게 매달리며 조른다.

"그렇다면 난 상관없는데. 아카네는 어쩔래?"

사이토가 물었고, 모두의 시선이 아카네에게 집중되었다.

히마리와 마호는 눈을 반짝이고 있고, 시세이는 이미 스마트폰으로 쇼핑몰 레스토랑을 조사하고 있었다. 루이는 차 키를 손가락으로 돌리고 있다.

이렇게 모두가 기대하고 있으니, 아카네만 고집을 피울 수는 없었다. 아카네만 참으면 모두가 즐거운 시간을 보낼 수 있을 것이다.

"나, 나는……."

말하려다가, 아카네는 깨달았다.

늘 이렇게 진짜 소원을 억눌러 버리니까, 자신은 앞으로 나아갈 수 없는 것이라고. 사이토와의 관계는 좁혀지지 않고, 연정을 전할 수도 없다.

스터디 그룹 전에 사이토가 해 주었던 것처럼, 자신의

솔직한 마음을 전하지 않으면 아무것도 시작되지 않는다. 사이토는 아카네를 존경한다고 말해 주었다. 그 말을 듣고 얼마나 기뻤는지 모른다.

부끄럽더라도 속마음을 조금씩 털어놔야 했다.

굳게 결심하고, 아카네는 사이토의 손을 잡았다.

"왜, 왜 그래?"

당황하는 사이토.

"아카네?"

"언니?"

히마리와 마호도 의아한 얼굴로 바라본다.

아카네는 긴장으로 떨려서 목소리가 잘 나오지 않았다. 결국 사이토의 손을 꼭 잡고, 눈물을 글썽이며 올려다보는 것밖에 하지 못했다.

"사이토……."

"……알았어."

사이토는 아카네의 손을 잡고 그 자리에서 달려 나왔다.

"어?"

설마 알아차릴 거라고는 생각하지 못했던 아카네는 놀란 얼굴로 끌려갔다. 뒤에서 마호나 히마리의 목소리가 들렸지만 거의 귀에 들어오지 않았다.

복도를 달리며 사이토에게 묻는다.

"어떻게…… 알았어?"

아카네의 마음을.

"그야 당연히 알지. 넌 롤러코스터나 관람차 같은 거 잘 못 타잖아. 놀이공원에 갔을 때 있었던 일, 난 확실히 기억 하고 있거든."

"뭐……? 롤러코스터……?"

"그 쇼핑몰에도 관람차가 있다고 광고에서 홍보하고 있 더라. 관람차 타는 게 무서워서 가기 싫었던 거지?"

사이토는 뿌듯한 표정을 지으며 윙크했다. 심지어 그렇 게 성공적인 윙크도 아니었다.

"전혀 모르잖아――!"

"오, 오오? 왜 그래, 갑자기 드래곤 같은 포효를 지르고. 드디어 용이 되려는 건가……?"

창백하게 질리는 사이토.

"몰라! 넌 아무것도 몰라! 넌 정말 멍청해!"

"멍청하다니 뭐야! 한번 시험에서 이겼다고 자만하는 거 냐?! 다음에는 진짜 시험이 뭔지 보여주마!"

"진짜 시험이 뭔데! 오늘 시험은 그럼 가짜였어?!"

"그래! 그런 치졸하고 오해를 부르는 문제를 만든 교사 가 잘못한 거야! 교사 실격이다! 다음엔 내가 문제를 만들 어주마!"

"네가 너무 유리하잖아! 비겁해!"

"그것이 사회다!"

"그런 사회는 부숴버리겠어!"

숨을 헐떡이며 멈춰서는 두 사람. 뛰면서 소리친 탓에 소모가 더 심했다.

여전히 사이토는 사이토라고 생각하며, 아카네는 한숨을 내쉬었다. 소녀의 마음을 알지 못한다. 관람차를 무서워하는 아카네를 걱정해 준 것은 그거대로 기쁘지만.

역시 제대로 전달해야겠지.

아카네는 검지를 맞대며 말했다.

"그…… 장을 본다는 건, 변명이었어."

"변명?"

"그래! 사실은…… 너랑 산책하고 싶었어! 단둘이!"

말을 꺼내고 나자, 수치심의 열기에 온몸이 타들어 갔다.

조심스럽게 올려다보자, 사이토도 얼굴을 새빨갛게 물들이고 있다.

"그, 그렇구나…… 미안해."

"아, 아니. 미안할 건 없어……."

"가, 갈까?"

"으, 응."

두 사람은 서로의 시선을 피하며 학교를 나왔다.

사이토는 아카네와 나란히 뒷골목을 걸었다.

통학 루트와는 벗어난 길을 선택한 탓에 다른 학생의 모습은 없었다. 수풀 속에 미행하는 학생이 숨어 있는 기색도 없었다.

이렇게 아카네와 함께 하교하는 것이 얼마 만일까. 더 빨리 말해 줬다면 아카네가 좋아할 만한 가게를 찾아뒀을 텐데.

"산책이라…… 평소의 가게에 가는 건 좀 그러니까, 다른 곳에 들러볼까?"

사이토가 제안하자 아카네는 들뜬 얼굴로 대답했다.

"좋아! 지금이라면 비행기표를 구할 수 있을지도 몰라."

"멀어! 잠깐 들르는 레벨이 아니잖아!"

"하지만 배라면 오늘 중으로는 못 돌아올 것 같은데……."

"비행기로도 돌아올 수 없어!"

의욕을 보여주는 건 고마웠지만, 그렇게까지 허들을 높여 버리면 사이토도 난감했다. 실망했을 때의 낙차가 두렵다.

이전의 외출 때 사이토가 떠올렸던, 아카네를 이해하지 못했다며 시세이에게 기각당한 장소를 제안해 보았다.

"근처에 업소용 슈퍼마켓이 있는데…… 가보지 않을래?"

"어? 업소용 슈퍼? 이 근처에 있어? 난 모르는데."

"사실은 있어. 아는 사람은 다 아는 업소용 슈퍼가. 극비 매입 루트를 사용하고 있어서 시세보다 50% 할인하는 상품도 팔고 있다는 소문이 있어."

"그게 뭐야, 엄청 재미있겠다! 가자! 빨리 데려가줘!"

아카네는 크게 기뻐하며 사이토의 소매를 잡아당겼다.

"업소용 슈퍼에 그렇게까지 기뻐할 줄은 몰랐는데……."

이렇게까지 기뻐하자 약간 주춤했지만, 아카네를 나름 대로 이해했다는 생각에 사이토도 기쁜 마음이 들었다.

사이토는 아카네를 데리고 뒷골목을 빠져나와 강가의 길을 나아갔다.

수면보다 낮은 언덕을 내려가, 좁은 터널로 들어간다.

어둑어둑한 공간에 두 사람의 구두 소리가 울려 퍼졌다. 이끼가 낀 내벽에서 물이 떨어지고, 갈라진 아스팔트는 젖어서 미끄러웠다.

"뭐, 뭔가 치안이 좋지 않아 보이는 곳이네……."

학생 가방을 끌어안는 아카네.

몸을 움츠리고, 어깨가 닿을 정도로 사이토에게 붙어 있었다. 평소에 기가 센 그녀에게 의지를 받으니 나쁘지 않은 기분이었다.

"무서워?"

사이토는 놀리듯이 물었다.

그런 말을 들으면, 발끈하는 것이 아카네였다.

"누, 누가 무섭다는 거야! 난 인생의 절반을 터널에서 살아왔어!"

"경력 사칭 아냐?!"

"진짜야! 맘 먹으면 지금부터라도 정착할 수 있어!"

"맘 먹지 마!"

이 소녀는 폭주하면 무슨 짓을 저지를지 모르기 때문에 위험했다. 사이토는 아카네의 소매를 잡아 안전을 확보했다.

터널을 빠져나가자, 아까 봤던 뒷골목보다 더 비좁은 뒷골목이 나타났다.

세로로 긴 빌딩들이 늘어서 있다. 소방법은 어디로 갔나 의문이 들 정도로 좁은 길에는 쓰레기통과 감자 껍질이 굴러다니고 있었다.

길가에는 후드를 쓴 남자가 웅크리고 앉아 잔에 담긴 술을 마시고 있다. 가스통을 꼭 끌어안은 채 흐느끼고 있는 노인도 있었다.

"치안!"

아카네는 눈물을 글썽였다. 마법의 스틱 같은 것을 학생 가방에서 꺼내려 하고 있었다. 일찍이 시세이가 아카네에게 건네주려다가 사이토에 의해 제지당했던, 호조 경비 특제 스턴건이었다.

"잠깐, 그만해. 뭘 하려는 거야?"

"위험한 사람을 모두 기절시킨 다음에 안전하게 지나갈 거야!"

"위험한 건 너야! 그보다 왜 그 스턴건을 갖고 있어?!"

"시세이 씨한테 주먹밥 하나로 샀어!"

"너무 싸!"

시세이의 성격상 어차피 식욕에 넘어가서 푼돈에 넘겨 버린 거겠지. 스펙과 가격의 괴리감이 심각했다.

뒷골목을 지나자, 거대한 창고 같은 건물이 나왔다.

창고 앞에서는 두 명의 남자가 경비를 서고 있었다. 근육질 체격에 선글라스와 정장 차림을 한 남자들이다.

"암호."

남자 중 한 명이 사이토와 아카네 앞에 우뚝 서서 요구했다.

"여기가 정말 업소용 슈퍼야?! 뭔가 불법적인 걸 파는 곳 아냐?! 극비 매입 루트라는 게 설마 그런 거였어?!"

겁에 질린 아카네를 사이토가 달래주었다.

"단순한 업소용 슈퍼야. 파는 건 밀가루 같은 거고."

"다른 가루겠지! 암호를 말하라고 하는 것도 이상해!"

"그런 이벤트 중이야. 걱정하지 마."

사이토는 문지기에게 낮은 목소리로 전했다.

"암호는……『레비아탄』."

"『베히모스』 좋아, 지나가."

선글라스를 쓴 남자는 사이토에게 쿠폰을 건네주었고, 등을 두드리며 문을 통과시켰다.

그리고 문 너머에 기다리고 있던 것은, 가장자리가 희미해 보일 정도로 광활한 공간이었다.

키가 큰 선반들이 겹겹이 늘어서 있고, 식료품과 조미료가 수북이 쌓여 있었다. 일반 슈퍼에서 보는 것과 달리 하나하나의 봉지와 상자가 어마어마하게 컸다. 가족 단위 손님들이 거대한 카트에 상자를 쌓아두고 폭음을 내며 오가고 있었다.

"와아……."

아카네는 가슴 위에서 손을 꼭 쥔 채 눈동자를 반짝였다. 세계를 더 확장한다 해도 업소용 슈퍼에서 이렇게 소녀처럼 반응하는 것은 아카네 정도가 아닐까.

"굉장하다…… 믿을 수 없을 정도로 싸고 많아……. 평소 슈퍼에서 본 적 없는 것도 많아……!"

장난감 매장을 방문한 아이처럼 아카네가 선반으로 달려가 자루를 들어 올렸다.

"붉은 생강이 10kg에 200엔?! 싸다! 사자!"

"우리 집에서는 붉은 생강 쓸 일 거의 없잖아!"

"아니? 쓸 건데? 내일부터 사이토는 세끼 다 붉은 생강이니까."

"내 식생활이 너무 불쌍해!"

온몸이 분홍색이 될지도 모른다.

아카네는 붉은 생강 자루를 노려보며 아쉬운 얼굴로 신음했다.

"하지만…… 역시 붉은 생강만으로는 영양이 치우칠 텐데……."

"그 정도의 이성은 남아 있었구나……."

"여러 가지 변화를 준다면 괜찮지 않을까……. 붉은 생강 밥, 붉은 생강 채소볶음, 붉은 생강 오믈렛, 붉은 생강 전골……?"

"이성을 되찾아!"

사이토는 아카네의 어깨를 흔들었지만, 아카네의 눈은 빙글빙글 돌아가며 돌아오지 않았다. 곧바로 사이토의 손에서 빠져나와 다른 선반으로 달려갔다. 깨끗한 무시다.

아카네는 시커먼 액체가 담긴 탱크를 들어 올렸다.

"간장이 20L에 300엔?! 싸다!"

"그렇게 많은 양의 간장은 안 쓰잖아!"

"아니? 쓸 수 있어. 사이토는 이제부터 간장이 될 거니까."

"내가 간장이?! 어떤 메커니즘으로?!"

"사이토에게 매일 1L씩 마시게 하면…… 제대로 소비할 수 있을 거야……."

"간장에게 살해당한다고……?!"

사이토는 반사적으로 손을 들어 신장을 감쌌다. 아무리 생각해도 이 소녀는 사이토의 신장을 노리고 있는 것이 확실해 보였다.

아카네가 가루가 든 거대한 자루를 끌어안았다. 곰 인형에 달려드는 아이의 모습이었다.

"빵가루도 있어! 빵가루 50kg!"

"돈가스를 얼마나 생산할 셈이야!"

"돈가스뿐만이 아니야! 비프 돈가스도 만들 수 있어!"

"비프 돈가스가 뭐야! 소인지 돼지인지 확실히 해!"

사이토 안에서 돈가스의 개념이 무너져 내렸다.

아카네는 빵가루 봉지를 껴안고 빙글빙글 돌았다.

"환상적이야! 여긴 천국이야!"

"그 정도인가⋯⋯."

업소용 슈퍼에서 춤을 추는 소녀가 있을 줄이야. 그 사이토조차 상상하지 못했던 일이다. 아무리 시간이 흘러도 아카네의 사고는 이해할 수 없었다.

"싼 물건이 너무 많아. 그냥 다 사자!"

"정신 차려! 음식 낭비가 엄청날 거야! 절약가 아카네는 어디 간 거야?!"

"하지만 엄청 싸고⋯⋯ 오늘을 놓치면 다음은 언제 또 올지도 모르는데⋯⋯."

아카네는 5천 장이 든 김 용기를 선반에서 내리려 하고 있었다. 암석 수준의 박력을 가진 용기가 당장이라도 아카네의 머리를 짓뭉갤 것 같았다.

"언제든지 올 수 있어. 또 오면 되잖아."

사이토는 5천 장이 든 김 용기를 선반에 되돌렸다.

입술을 삐죽이는 아카네.

"윽⋯⋯ 사이토 쪼잔해⋯⋯."

"쪼잔하지 않아."

이곳에 아카네를 데려온 것이 정답이었는지 오답이었는지 확신이 서지 않았다.

떼를 쓰는 아카네를 달래서 소고기 1kg 팩만 들고 계산대로 향했다. 냉동고에 들어가지 않을 것 같긴 하지만, 좋아하는 고기라면 사이토도 세끼 먹는다 해도 문제없었다.

계산을 마친 두 사람은 바닥의 안내에 따라 정문을 통해 업소용 슈퍼를 빠져나갔다. 아무래도 들어온 곳은 뒷문이었던 것 모양이다.

이쪽에는 깃발이 세워져 있고 주차장도 있는, 지극히 일반적인 업소용 슈퍼의 점포 구조였다. 점포 앞에는 널찍한 버스 도로도 있다.

"이런 평범한 길이 있다면 처음부터 이쪽을 사용해!"

"지도 앱으로 검색해서 학교에서 최단 경로로 간 거야."

"죽음으로 가는 최단 경로는 지나고 싶지 않아!"

"살아 있으니까 괜찮잖아. 오버하긴."

사이토는 어깨를 으쓱했다.

한숨을 내쉬는 아카네.

"뭐, 됐어. 다음부터는 이 길을 쓰면 되니까. 손수레도 필요하겠네."

"진심이구나……."

"진심이야. 집에 빈방이 있으니까 최대한 많이 쌓아두자."

"최종 전쟁 준비라도 할 셈이야?"

"……후훗."

불길하게 웃는 아카네. 확실하게 세계 멸망을 앞둔 얼굴이다. 이 소녀라면 포스트 아포칼립스라도 훌륭하게 살아남을 수 있을 것이다.

업소용 슈퍼에는 신선 식품 종류가 적었기 때문에, 오늘은 평소 가는 슈퍼에서 식재료를 사서 돌아가게 되었다.

집에서 가까운 오래된 슈퍼마켓.

낡은 건물이 시야에 들어오자, 집에 돌아온 느낌이 들었다. 집이라고 해도 태어난 곳도 아니고 사이토가 자란 동네도 아닌데, 이제는 고향 같은 기분이 들었다.

그만큼 아카네와 둘이 보낸 시간의 밀도가 너무 높았다는 뜻일까. 마치 지금껏 살아온 인생 전체와 비슷할 정도로 긴 시간처럼 느껴졌다.

사이토가 카트를 밀고 아카네가 바구니를 얹어 함께 가게 안으로 들어갔다.

야채 판매장 쪽에서 경쾌한 홍보 노래가 들려왔다. 같은 멜로디의 반복이 귀에 맴도는 곡이었다.

"뭘 사기로 했더라……. 집에 없는 식재료를 메모해 뒀는데."

스마트폰을 확인하려는 아카네.

"무랑 당근, 양배추, 다진 고기, 계란, 샐러드유, 참치캔,

그리고 곤약도 없었어."

"잘도 기억하고 있네!"

"나니까."

"편리하다. 전생에는 메모장이었나?"

"메모장에서 어떻게 인간으로 환생한다는 거야."

"분명 열심히 노력했겠지."

"메모장이 뭘 어떻게 노력해?"

애초에 사이토는 환생 같은 것은 믿지 않았다. 그런 현상이 있으면 재미는 있겠지만, 기억하지 못하는 것은 존재하지 않는 것과 다름없었다.

산처럼 쌓인 양배추 중에서 아카네가 가장 큰 것을 고르기 위해 고심했다.

그러고 보니 처음 둘이 이 슈퍼마켓에 왔을 때도 아카네는 간장 가격을 필사적으로 비교했었다.

아카네의 진지한 옆모습을 바라보며 사이토는 중얼거렸다.

"……난 말이지, 너랑 같이 살기 전까지는 제대로 된 식재료를 사본 적이 없었어."

"돈이……?"

미간을 좁히는 아카네.

"돈이 없었던 건 아니야. 부모님이 사흘 정도 집을 비우는 날엔 테이블에 천 엔이 놓여 있었거든."

"천 엔으로 사흘을 버틸 수 있어?!"

"컵라면과 채소 주스라면 살 수 있었어. 프로틴은 할배나 레이코 고모의 세뱃돈을 털어서 늘 상비해 두고 있었고. 의외로 포만감이 좋거든, 프로틴이."

"……."

어째서인지 아카네는 슬픈 표정을 짓고 있었다.

"다만 집에서 요리한다는 발상 자체가 없었으니까, 식재료를 산 적도 없었어. 너한테 이야기를 듣기 전까지는 간장 가격이 종류에 따라 다르다는 것도 몰랐고, 유통기한을 보고 상품을 선택한다는 생각도 하지 못했어."

"그래서 적당히 바구니에 넣었던 거구나……."

사이토가 평소 사두는 컵라면이나 프로틴 등의 제품은 유통기한이 그렇게 짧지 않았고, 책은 가격이 일정하다. 텐류가 주는 세뱃돈이나 도서 카드만 있으면 사이토로서는 아무 불편함이 없었다.

신선 식품 판매장에 온 아카네가 물었다.

"뭔가 먹고 싶은 거 없어? 뭐든지 만들어줄게."

"글쎄…… 잉어 회?"

"말도 안 되게 어려운 게 튀어나왔네."

뒷걸음질 치는 아카네.

"할배가 데려갔던 요릿집에서 먹어본 적은 있는데, 별로 맛이 없었어. 아카네의 실력이라면 맛있게 만들어 줄 수 있지 않을까 하고."

"여기서 더 기대를 올리는 거야?! 난 요리사가 아니라 평범한 여고생인데?! 알고 있어?!"

"알고 있으니까 하는 말이야. 너라면 할 수 있어."

사이토는 강하게 확신했다.

"믿어주는 건 기쁘지만!"

"어려울까?"

"아, 아니…… 글쎄……. 10년 정도 수행하면 할 수 있을 것 같긴 한데……. 애초에 슈퍼에 잉어는 팔지 않으니까……."

엄지손가락을 척 세우는 사이토.

"다음에 할배네 연못에서 잡아올게."

"그건 비단잉어 아니야?!"

"잉어라면 맛은 다 똑같겠지."

"그럴지도 모르지만, 엄청 비쌀 것 같은데?!"

"한 마리에 오백만 정도라고 했었지."

"할아버지께 혼날 거야! 그렇게 비싼 건 무서워서 요리할 수 없어!"

아카네는 창백하게 질렸다.

"뭐, 뭐든 상관없어. 아카네가 만든 요리는 모두 맛있으니까."

"뭐……?! 나를 칭찬해서 어쩔 셈이야?!"

아카네가 얼굴을 붉혔다.

"아무 속셈도 없어. 솔직한 감상이야."

"네, 네가 솔직해지다니, 말도 안 돼!"

"그건 내가 할 대사야."

두 사람 다 서툴러서, 좀처럼 자신의 감정을 솔직하게 표현하려 하지 않는다. 그래서 마음이 어긋나고, 서로에게 가까이 가지 못한다.

하지만 서투르면 서투른 대로 말을 부딪칠 수밖에 없었다. 설령 피구가 된다 해도, 계속 혼자 공을 끌어안고 있는 것보다는 나았다.

아카네는 사이토와 어깨를 나란히 한 채 익숙한 슈퍼마켓을 걸었다.

그저 필요한 생필품을 사는 것뿐인데, 사이토와 단둘이 있으니 이렇게나 즐거웠다. 이게 바로 사랑을 한다는 것일까.

이미 바구니에는 상당한 양의 식재료가 들어 있었지만, 사이토는 여유롭게 들고 있었다. 호리호리한 외형과는 다르게 그는 힘이 센 편이다. 걷는 속도도 아카네에게 맞춰 주고 있었다.

"수제 요리를 처음 만들어줬을 때, 내가 '평범'하다고 하니까 아카네는 화를 냈었지."

"아, 응…… 맛있다고 해 주길 바랐으니까."

아직 둘 사이의 규칙조차 정하지 않았을 때의 일이었다. 기합을 넣어 열심히 만든 요리를 무시당한 기분이 들어 화가 났었다.

"나에게 '평범'하다는 말은 칭찬이었어. 사치스러운 요리는 할배나 레이코 고모가 먹여줬고, 컵라면은 본가에서 먹고 있었으니까. 하지만…… 정성껏 만든 '평범한 가정식'은, 그때 처음 먹어봤거든."

"……!"

아카네는 눈을 동그랗게 떴다.

계속 마음속에 걸려 있던 가시가 빠진 느낌이었다.

——그렇구나…… 사이토는, 평범하지 않았으니까…….

재능뿐만이 아니다. 태어난 집도, 자란 환경도 아카네와 다른 사람들과는 거리가 멀었다. 보통 사람이 평범하게 갖고 있는 것, 가치 있다는 생각조차 하지 않는 것을, 사이토는 아무것도 가지지 못했다.

아카네와 사이토는 계산대에서 계산을 마치고 둘이 협력해 에코백에 물건을 담기 시작했다. 게임이 취미인 사이토는 퍼즐 게임이라도 하듯 빠르게 상품을 채워 나갔다.

"오늘 저녁은 내가 만들까? 늘 아카네가 만들고 있잖아."

"안 돼. 내가 만들 거야."

아카네는 턱을 치켜들었다.

"매일은 힘들잖아."

"힘들지 않아. 나는 집밥 마스터니까. 너는 가만히 앉아서 먹이를 기다려."

"먹이라니…… 난 개인가."

풀이 죽은 사이토는 어딘지 모르게 정말 강아지 같아서, 아카네는 미소 지었다.

생활 능력은 없어 보이지만, 하려고 마음먹으면 어지간한 일은 효율적으로 해내는 것이 사이토였다. 요리도 진심으로 임하면 금세 늘 것이고, 그렇게 되면 아카네의 유리한 분야가 줄어든다. 요리에 대해서는 자신의 입지를 사수해야 했다.

두 사람은 슈퍼를 나와 강가의 길을 돌아갔다.

둑에서는 어린 남자아이가 낚시를 하고 있었다. 위태로운 손놀림으로 릴을 돌리는 남자아이를 아버지로 보이는 남성이 카메라로 찍고 있었다.

그런 부모와 자식의 모습을 바라보는 사이토의 눈에는 쓸쓸한 호박색이 비치고 있었다.

"사진을 찍는 의미도, 아카네가 알려주기 전까지는 몰랐어."

"추억은 사진으로 남기지 않으면 사라지니까. 전부 다 잊어버리면 살아온 시간이 무의미하게 느껴질 것 같아."

"내 기억은 열화되지 않아. 잊고 싶어도 잊을 수가 없어."

"아…… 하긴……. 그럼 앨범을 선물한 거, 폐가 됐을까?"

아카네는 걱정이 들었다. 그 후에도 몇 권 정도 앨범을 만들어 사이토에게 선물했기 때문이었다.

사이토는 고개를 저었다.

"아니, 일을 기억하는지 아닌지는 문제가 아니었어. 사진을 찍는다는 것 자체에 의미가 있는 거였지."

"……그렇지."

그는 친부모가 사진을 찍어 준 적이 없었다.

그것은 즉 부모가 그를 사진으로 남길 가치도 없다고 생각했다는 의미였다. 사이토가 본가에서 보낸 18년의 시간을, 부모가 무가치하다고 여겼다는 뜻이었다.

그런 것은 너무 슬프다.

사이토는 확실히 살아 있고, 생각하고 있고, 느끼고 있다. 부모가 원하든 원하지 않든, 아카네는 그를 원하고 있었다. 그 메시지는 제대로 사이토에게 전해졌을까.

칠흑으로 물들어 가는 황혼의 하늘을 사이토가 올려다보았다.

아득한 우주를 바라보는 것 같은, 허망한 눈빛으로.

"난 집이라는 게 뭔지 몰랐어. 잠을 자는 장소이자 먹는 장소. 어둡고 춥고 불쾌한, 단순한 건물이라고만 생각했지. 하지만……."

사이토가 아카네 쪽을 바라보았다.

제대로 빛이 반짝이는 눈으로, 평온하게 미소 짓는다.

"네 덕분에 난 알 수 있었어. 인간이 왜 모여 사는지. 가족이란 것이 왜 존재하는지. 나에게 돌아가고 싶다고 느껴지는 집을 알려줘서…… 고마워."

"……!"

목소리가 새어 나올 것 같아 아카네는 입을 꾹 막았다.

가슴이 아팠다. 칼에 찔리는 것처럼 아팠다.

사이토가 속마음을 보여주고 있다는 것이 전해져서.

그가 절실하게 감사하고 있다는 것이 전해져서.

자신이 도움이 되었다는 것은 기뻤지만, 이런 자신으로 괜찮았을까, 다른 아이였다면 더 잘할 수 있지 않았을까 하는 불안감이 스쳐 지나갔다.

——좀 더 그에게 다가가고 싶다.

아카네는 생각했다.

——좀 더 그에 대해 알고 싶다.

아카네는 원했다.

원했다. 참을 수 없이 원했다. 사이토의 모든 것을 집어삼키고 싶어서, 손끝까지 뜨거운 피가 흐르는 기분이었다. 아무 생각하지 않고 안아주고 싶다는 충동이 밀려들었다.

하지만, 안 된다. 그런 짓을 하면 사이토가 싫어할 것이다. 미움을 받을 것이다.

아카네는 필사적으로 충동과 싸웠지만, 그럼에도 본능

에는 저항할 수 없어서 사이토의 손에 닿았다.

적어도 그와 손을 잡고 싶었다. 몸의 어딘가, 아주 일부라도 좋으니까, 그와 이어지고 싶었다. 내버려두면 바람에 날아갈 것 같은 그를, 이 세계에 잡아두고 싶었다.

——역시…… 싫을까…….

그의 반응이 두려워 아카네는 눈을 질끈 감았다.

기나긴 침묵.

강물이 흐르는 소리가 요란하게 귓가를 간지럽혔다. 고막 안쪽에서 맥박이 세차게 울려 퍼졌다. 서 있는 것도 두려워서, 극심한 현기증에 쓰러질 것만 같았다.

"……."

사이토가 말없이 아카네의 손을 마주 잡았다.

겨우 그것만으로도 아카네는 세상이 빛으로 가득 차는 기분을 느꼈다. 사이토의 열기가 손바닥을 통해 흘러들어오고, 아카네의 가슴을 녹여나갔다.

아카네가 올려다보자, 사이토는 얼굴을 새빨갛게 물들인 채 시선을 돌리고 있었다.

평소의 왕 같은 그의 모습과는 다른, 귀여운 사람.

아카네와 사는 집에 가고 싶다고 말해 준 사람.

호조 그룹의 후계자도, 학년 1등의 천재도 아닌, 평범한 남자아이.

그 얼굴을 보고 있으니 다시 한번 가슴속에서 뜨거운 것

이 터져 나올 것 같은 기분이었다. 얼마 남지 않은 이성이
날아갈 것만 같았다.

　두 사람은 한 마디도 하지 않은 채, 손을 맞잡고 하굣길
을 걸어갔다.

응?

어째서?

저, 저기, 조금...

돌아가지 않을래?

그건.......

꼬옥...

뭐, 난 상관 없어.

좋았어!

좋아!

돌아가고 싶지 않아.

아직,

아카네와 손을 잡고 집으로 가는 길을 걸어가며, 사이토
는 혼란스러움을 느꼈다.

설마 아카네 쪽에서 먼저 손을 잡을 줄은 몰랐다. 줄곧
사이토를 싫어하던 아카네가, 자신을 슬리퍼 바닥으로 내
리치는 벌레 정도로 취급하던 아카네가.

——어떻게 된 거지……? 좋아하지도 않는 상대한테, 이
런 짓은 안 하잖아……?

아카네는 상대의 성별을 가리지 않고 마음의 벽이 두꺼
웠다. 엄청나게 수줍음이 많아서 절친한 친구인 히마리나
여동생 마호에게도 자신이 먼저 스킨십을 시도하는 일은
거의 없었다.

그런 아카네가 볼을 물들인 채 사이토의 손을 잡고 있는
것은 확실한 이상 사태였다.

——너는 나를…… 어떻게 생각해?

이전에 아카네에게 받은 것과 똑같은 질문을, 사이토는
마음속으로 중얼거렸다.

솔직하지 못한 그녀의 솔직한 마음을 알고 싶었다.

하지만 누군가를 좋아하게 된 것이 처음이라, 아카네의
마음을 어떻게 확인하면 좋을지 알 수 없었다. 성적으로는
부동의 학년 1등을 자랑하지만, 연애에 관해서는 갓 태어
난 아기와 다름없었다.

서서히 손바닥에 땀이 배어 나왔다. 아카네가 싫어할까 두려웠지만, 그렇다고 손을 놓는 것도 아쉬웠다.

그러다 보니 집이 가까워졌다.

사이토가 현관문을 열자 아카네는 장바구니를 복도에 두고 계단을 뛰어 올라갔다. 마음을 확인할 틈도, 말을 걸 틈도 없었다.

달려가는 그녀의 머리칼이 춤추며, 붉게 물든 귀가 사이토의 망막에 박혀 들었다.

아카네는 공부방 문에 등을 기댄 채 거칠게 뛰는 가슴을 눌렀다.

그대로 사이토와 함께 있었다면 자신이 엄청난 짓을 저지를 것만 같아 무서웠다. 손을 잡는 것뿐만 아니라, 그 이상의 것을 바라게 될 것 같았다.

그건 안 된다.

왜냐하면…… 사이토에게는 좋아하는 사람이 있으니까.

──그런데 왜 내 손을 잡아준 거야……?

아카네는 혼란스러웠다.

사이토는 누구와도 가볍게 어울리는 쉬운 남자가 아니다. 히마리에게 열렬한 유혹을 받았을 때도, 그 호감을 이용하려 하지 않고 어디까지나 진지하게 마주했다.

그러니 손을 잡는 행위에는 그에게도 나름의 무게가 있

을 것이다.

대체 사이토는 아카네를 어떻게 생각하고 있는 것일까. 단순한 동거인 이상의 감정이 있는 것일까. 첫사랑과 아카네 중 어느 쪽이 더 소중할까.

모락모락 피어오르는 사고에 이끌려 아카네는 공부방을 나섰다. 발소리를 죽이고 계단을 내려가 주방을 들여다보았다.

주방에서는 사이토가, 아카네가 두고 간 장바구니에서 식재료를 꺼내 냉장고에 넣는 중이었다.

이전에는 이해할 수 없는 장소에, 반드시 냉장 보관해야 하는 채소와 상온 보관해야 하는 밀가루를 같은 선반에 넣었던 사이토였지만, 지금은 수납공간에 관해서도 아카네와 같은 지식을 갖게 된 상태였다. 이 역시 부부로서 생활하며 서로 다가가기 위해 노력한 성과였다.

"저기⋯⋯."

아카네가 복도에서 말을 걸자, 사이토는 놀라며 돌아섰다.

"뭐, 뭐야? 정리는 내가 해 둘 테니까, 넌 쉬고 있어도 돼."

이런 말이 자연스럽게 나오게 된 것도, 결혼한 지 얼마 되지 않았을 무렵의 사이토로서는 상상도 할 수 없는 일이었다. 세간에서는 훌륭한 남편으로 여겨질 것이고, 분명 다른 여자에게도 인기가 많을 것이다.

그리고⋯⋯ 첫사랑의 소녀에게도.

"너, 옛날부터 좋아하던 아이가 있다는 거…… 정말이야?"

"뭐……? 아니…… 그게…….."

사이토는 말문이 막혔다.

이 반응은 정답이라는 뜻이었다. 아카네는 가슴속이 타들어 가는 기분을 느꼈다.

"그 아이가 준 손수건, 지금도 소중히 간직하고 있다면서."

"그걸 어떻게 알아?!"

"그랬구나."

"아…….."

아차 하는 표정을 짓는 사이토.

텅 빈 에코백을 동그랗게 말고, 한숨을 내쉬며 의자에 앉았다.

"첫사랑이라기보단…… 후회 같은 거야."

"후회……?"

사랑과는 반대되는 울림을 가진 그 말에 아카네는 고개를 갸우뚱했다.

"그 아이는…… 굉장히 얌전하고 사랑스러운 아이였어. 다른 녀석이었다면 도망쳤을 내 이야기를, 눈을 빛내면서 들어줬지. 짧은 시간밖에 함께하지 못했지만, 그 아이와 보낸 시간은 정말 즐거웠어."

"……."

아카네의 가슴속 답답함이, 점점 더 커져갔다.

얌전하고 사랑스러운 아이라니, 아카네와는 전혀 다른 타입이었다. 역시 그는 상류층의 아가씨를 좋아하는 걸까. 순수한 서민인 아카네에게 끌릴 가능성은 조금도 없는 것일까.

"얼마나 같이 지냈는데?"

"찰나였어."

"찰나처럼 느껴질 정도로 즐거웠다는 뜻이야?"

"그래."

사이토는 테이블을 바라보며 자조하듯 말했다.

"당시의 난 용기가 없어서 그 아이를 뒤쫓을 수도, 이름을 알아낼 수도 없었어. 아니…… 용기가 없는 건, 지금도 똑같은가."

"……보고 싶어? 그 아이를."

부정해 줬으면 했다.

"이제 와서 만나러 간다고 해도 폐만 끼칠 뿐이겠지."

부정해 주지 않았다.

"아직도, 좋아해?"

"그렇지는 않아. 지금의 난……."

사이토는 무언가 말하려고 하다가, 망설이며 입을 다물었다. 찌르는 듯한 아카네의 시선을 피해 어색한 얼굴로 눈을 굴린다.

태도가 증명하고 있었다. 사이토는 아직도 그 아이를 무척 좋아하고 있었다. 천적인 아카네 같은 것은, 눈에 들어올 리가 없다. 그 정도로 강하게, 사이토는 첫사랑을 좋아하고 있었다.

"……미안해. 물어보지 말 걸 그랬네."

시리도록 아픈 가슴을 안고 아카네는 주방을 떠났다.

잠에서 덜 깬 눈으로 세면대로 향한 사이토는 거울을 보고 흠칫 놀랐다.

얼굴 전체에 빼곡하게, 어떤 무늬가 그려져 있었다.

거울에 가까이 다가가서 보자, 적힌 것은 '바보'라는 글자였다. 셀 수 없을 정도로 무수한 바보들로 얼굴이 가득 차 있었다.

"이게 뭐야?!"

사이토는 주방으로 달려갔다.

"뭐가?"

아침을 만들면서 아카네가 사이토 쪽을 바라보았다.

"뭐냐니, 이 얼굴 말이야!"

"오늘도 바보같이 생겼네."

"네가 바보라고 적었으니까! 대체 무슨 생각이야!"

프라이팬에 올려져 있던 요리를 젓가락으로 휘젓는 아카네.

"옛날부터 넌 그런 얼굴이었어."

"그럴 리가 없잖아!"

"스스로 눈치 못 챘어? 혹시 '거울'이라는 거 본 적 없어? 거, 울, 말이야."

또박또박 발음하며 아카네는 프라이팬 위의 요리를 뒤집었다.

"알아!"

"미, 러, 라고 하는 건데?"

"안다니까! 원시인 취급하지 마!"

"어머, 원시인 취급하지 않았어. 사람이라고 생각하지 않으니까."

"적어도 인간 취급은 해 줘!"

사이토는 슬픈 기분이 들었다.

"밤중에 이 집은 잘 잠겨 있었고 출입한 사람도 없어. 창문이 부서진 흔적도 없고. 즉…… 이건 내부 범행. 범인은 바로 너야!"

똑바로 아카네를 가리키는 사이토.

날카로운 지적을 받았음에도 아카네는 흔들리지 않았다.

"난 범인이 아니야! 범인은 너야!"

"왜 그렇게 돼! 내가 직접 썼다는 거야?! 무슨 목적으로!"

"어차피 멋지다고 생각했겠지!"

"생각하겠냐! 바보라고 바보!"

"그래, 넌 바보야! 엄청난 바보야!"

"음······?!"

말다툼을 벌이던 사이토는 중대한 사실을 깨닫고 몸이 굳었다.

프라이팬에 올려져 있던 것은, 오믈렛도 계란프라이도 아니었다.

걸레였다.

아까부터 아카네는 프라이팬 위의 걸레를 젓가락으로 휘젓고, 리드미컬하게 프라이팬을 흔들어 걸레를 뒤집고 있었다.

"자, 잠깐, 그거······."

"왜애?"

아카네는 활짝 웃으며 잘 구워진 프라이팬 위의 걸레를 젓가락으로 꾹 눌렀다. 지글지글 타는 소리와 함께 먹음직스러운 증기가 피어올랐다.

"그, 그거, 걸레······."

"쓸개······?"

"······윽!"

사이토는 그 즉시 주방에서 뛰쳐나가고 싶었지만, 가까스로 제자리에 멈춰 섰다.

곰과 같은 맹수와 마주쳤을 때 등을 보이고 도망치는 것은 위험했다. 야생 본능을 자극해 오히려 더 빠르게 덤벼들 위험이 있다. 아카네는 맹수는 아니었지만, 아침부터 열심히 걸레를 요리하는 존재는 그 정도로 위험했다.

사이토는 애써 냉정함을 유지하며 말을 건넸다.

"오늘 날씨가 참 좋네. 세계도 평화롭고 아름다워."

아카네가 눈을 깜빡였다.

"무슨 일 있어? 오늘 아침의 사이토, 뭔가 이상한데?"

이상한 건 너야! 라고 소리치고 싶은 것을 꾹 참는 사이토.

"괜찮아? 안 좋은 일이라도 있었어? 이야기라면 들어 줄게."

"나는 괜찮아. 너도 괜찮아. 좋아, 좋아. 만사 오케이야."

사이토는 온화한 미소를 지으며, 결코 아카네에게서 눈을 떼지 않도록 주의하면서, 천천히 뒤로 물러섰다.

그렇게 거리를 벌리고, 발길을 돌려 전속력으로 2층으로 뛰어 올라갔다. 자신의 공부방에 뛰어들자마자 쓰러지듯 몸을 웅크렸다.

아카네가 쫓아오는 소리는 나지 않았다. 아직도 주방에서 걸레 요리를 제작 중인 걸까? 도대체 그녀의 안에서 무슨 일이 벌어진 거지?

사이토는 몸을 떨며 일어섰다.

아침 식사는 거르고 등교할 생각으로 (분명 걸레밖에 먹을 수 없을 테니까) 서둘러 집을 탈출하기 위해 옷을 갈아입기 시작했다.

잠옷을 벗고 교복 셔츠를 입고 있는데, 등 뒤에서 소리가 들려왔다.

살기를 느낀 사이토가 피할 틈도 없이 아카네가 달려들었다.

"에잇!"

옷을 갈아입느라 빈틈밖에 없는 사이토의 등에, 조각 얼음을 집어넣는다.

"흐요오오오오오오?!"

강렬한 차가움이 등줄기를 덮치자, 사이토의 목에서 엄청난 목소리가 터져 나왔다. 등에 손을 넣어 꺼내려고 했지만, 손이 닿지 않았다. 사이토는 바닥을 구르며 몸부림쳤다.

"초등학생 같은 장난 치지 마!"

"나는 초등학생이 아니야. 고등학생이야."

"하는 짓이 초등학생이잖아! 대체 왜 이러는 거야?!"

"글쎄, 왜일까……."

아카네는 비정한 미소를 지은 채 내려다보았다.

양손으로 끌어안은 그릇 안에는 수북이 쌓인 얼음 조각이 있었다.

"아, 아직 등에 더 넣을 셈인가…… 그 얼음을?!"

"등에도 넣을 수 있고, 배에도 넣을 수 있어……."

"그, 그만해…… 내가 뭘 잘못했는데?!"

튕기듯 몸을 일으켜 벽 쪽으로 도망치는 사이토를 향해,

아카네가 땅을 울리며 다가왔다.

아침 주택가에, 사이토의 비명이 울려 퍼졌다.

사이토는 등교 전에 챙겨온 도시락을 책상 위에 올렸다.

결국 아침은 평범하게 맛있는 일식이었고, 걸레가 나오는 일도 없었다. 이러니저러니 해도 아카네는 성실하다. 분명 도시락도 평소와 같이 좋아하는 음식을 가득 채워줬을 것이 분명하다.

사이토가 기대에 부푼 마음으로 도시락 뚜껑을 열자.

한 면 가득 설경이 펼쳐져 있었다.

겨울의 북쪽 나라를 연상시키는 순백의 평원.

지평선 너머까지 더럽혀지지 않은, 순결한 흰 쌀밥만이 깔려 있었다.

매실장아찌 같은 타협은 없었다.

가쓰오부시 같은 자비도 없었다.

순도 100%의 흰 쌀밥이었다.

"오오~ 오늘의 사이토 군의 점심, 과감하네."

히마리가 도시락통 안을 들여다보며 감탄했다.

"너무 과감해!"

"가끔은 그런 것도 좋지 않아? 심플해서!"

"너무 심플해!"

작게 웃는 히마리.

"싸우기라도 했어?"

"그런 건 아닌 것 같은데……."

사이토가 아카네 쪽을 쳐다보자, 아카네는 고개를 휙 돌려버렸다.

아무래도 사이토는 아직 용서받지 못한 모양이었다. 걸레 모닝은 피할 수 있었지만, 아침의 싸움은 계속 이어지고 있었다.

시세이가 도시락통을 들여다보며 침을 흘렸다.

"맛있겠다. 시세도 먹고 싶어."

"어디에 맛있는 요소가 있다는 거야!"

"쌀 한 알 한 알이 살아있어. 좋은 냄새도 나. 이건 숙련된 기술."

"확실히…… 평범한 흰 쌀밥과는 냄새가 다르지만…… 이상하네."

사이토는 젓가락으로 밥알을 집어 입에 넣어보았다.

"이, 이건——?!"

"이건?"

고개를 갸우뚱하는 시세이.

사이토는 도시락 위에서 젓가락을 움직였다.

"전부 새하얀데 장소에 따라 맛이 달라! 이쪽은 매콤한 볶음밥이고, 이쪽은 해산물 엑기스가 배어든 필라프! 이쪽은 바질향 가득한 버터 라이스! 게다가 각각의 맛이 뒤

섞이지 않으면서 서로의 맛을 더 높여주고 있어! 이건……
킹 오브 백미다——!"

수수께끼의 고등 기술이 사용되고 있었다.

그런 귀찮은 짓을 할 바엔 차라리 처음부터 평범한 도시
락으로 하면 되지 않았을까 생각하는 사이토. 하지만 그
부분은 아카네의 자존심이었다. 사이토를 향한 분노를 표
현하고는 싶지만, 도시락의 퀄리티는 포기하고 싶지 않다.

사이토는 아카네의 생각을 알아내기 위해 그녀 쪽을 바
라보았다.

아카네는 뾰로통하게 볼을 부풀리고 있었다. 화가 난
것치고는 귀엽다. 아카네는 히마리의 손을 잡고 교실을
떠났다.

──혹시…… 삐진 건가? 내가 '그 아이' 이야기를 해서?

순간적으로 그런 생각을 했다가, 사이토는 자기 뺨을 양
손으로 때렸다.

그것은 너무 자신의 입맛에 맞는 상상이었다. 예전에 사
이토가 끌림을 느꼈던 '그 아이'에 대해, 아카네가 질투해
주고 있다니.

"오빠, 왜 그래? 볼이 가렵다면 시세가 긁어줄게."

친절하게 제안하는 시세이의 손에는 아이언 클로가 들
려 있었다. 어디서 가져왔는지 모르겠지만 날카롭고 긴 강
철 발톱이 전기로 격렬하게 움직이고 있었다.

"늙는 걸 넘어서 얼굴째로 소멸되겠지!"

"대중 요법에 그치지 않는 근본적인 치료법."

"그건 치료가 아니라 파괴야!"

"창조는 파괴에서 나와. 오빠의 얼굴도 파괴에서."

"내 얼굴은 하나면 충분해!"

사이토는 시세이의 등 뒤로 돌아가 아이언 클로를 빼앗았다. 무장해제되어 한낱 작은 동물로 변한 시세이를 무릎에 올려놓고 구속했다.

"그냥 좀…… 저 녀석의 마음을 알 수가 없어서."

"아카네 말이야?"

여전히 시세이는 눈치가 빠르다. 속여서 대화를 이어가는 것은 불가능했다.

"아카네가 졸업 파티에서 만난 아이에 대해 물었어. 어째서인지 내가 그 애한테 빌려준 손수건에 대해서도 알고 있더라."

"시세는 아카네에게 말하지 않았어."

"그건 알고 있어. 너는 입이 무거우니까."

"시세는 입이 무거워."

양손 검지를 세우고 입술에 가져가는 시세이.

"뭐, 어디서 알았는지는 아무래도 상관없어. 범인을 찾는다 해도 그 누구도 얻을 게 없고, 합리적이지도 않으니까."

"오빠의 그런 점, 시세는 좋아."

"응. 고마워."

사이토는 시세이의 머리를 쓰다듬었다. 시세이는 기분 좋은 얼굴로 눈을 감고 사이토에게 몸을 기댔다. 마치 어리광 부리는 아기 고양이 같았다.

"그 아이 이야기를 꺼낸 뒤부터 아카네가 화가 난 것 같아. 뭔가 상태가 이상해. 등에 얼음을 넣질 않나 걸레를 요리하질 않나……."

"아카네, 고장 났어? 시세가 수리해 줄게."

시세이가 소매에서 펜치와 스패너를 꺼냈다

"그런 물리적인 고장은 아닌 것 같은데……."

"틀림없는 물리적인 고장. 나사를 몇 개 빼볼게."

"그럼 더 고장 나잖아! 일단 인체에 나사는 들어 있지 않아!"

사이토는 시세이에게서 공구를 압수했다. 아마 농담이겠지만, 만에 하나라도 아카네의 보수 공사를 개시하는 날엔 큰일이 벌어질 것이다.

사이토는 뺨을 긁적였다.

"내 자의식 과잉일지도 모르지만…… 어쩌면, 아카네는 질투하고 있는 게 아닐까 싶어서."

"오빠는 자의식 과잉."

"윽……."

직설적인 감상에 말문이 막힌 사이토.

"첫사랑인 그 아이에게 질투해서 아카네가 삐졌다는 추측? 어쩌면 아카네가 오빠를 좋아할지도 모른다고 생각해? 본인이 인기가 많다고 생각해?"

"이, 인기가 많다는 생각은…… 안 하지만…….."

"왜 오빠는 아카네의 마음을 알고 싶어?"

"그건……."

"왜?"

시세이가 맑은 눈동자로 사이토를 바라보았다. 호조의 피와 재능을 짙게 물려받은 시세이의 성격상 사이토의 감정 정도는 이미 짐작하고도 남았을 것이다.

"……이미 알잖아."

안절부절못하는 사이토의 뺨에 시세이가 작은 손바닥을 얹었다. 시원해서 기분 좋았다.

"알고 있지만 오빠 입으로 직접 듣고 싶어. 왜냐하면 수치심에 몸부림치는 오빠의 모습을 감상하고 싶으니까."

"너도 꽤나 대단한 성격이네."

"시세가 인류 역사상 보기 드문 인격자라는 건 인정."

"인정하지 마."

그렇지만, 시세이의 다정함은 사이토가 가장 잘 알고 있었다. 어릴 때부터 사이토를 지지해 주었던 것은 시세이였다. 같은 반 아이들에게서도 그녀의 인품은 열렬한 사랑을 받고 있었다.

"오빠는 부끄럼쟁이."

"그렇지는 않다고 생각하는데."

어떤 때나 당당하고 자신감 넘치는 것이야말로 자신이라고 생각했다. 하지만 연애 문제에 관해서는 이렇게까지 손도 쓰지 못하고 감정에 흔들릴 줄은 몰랐다.

"정말로 아카네의 마음을 알고 싶다면, 오빠도 한 발 내딛는 수밖에 없어."

"고백을…… 하라는 거야?"

엄지손가락을 치켜세우는 시세이.

"남자라면 과감하게 프러포즈."

사이토는 주저했다.

"프러포즈……. 이미 결혼은 했는데……."

"그런 문제가 아니야. 오빠와 아카네는 강제로 결혼을 당했어. 말하자면 형식뿐인 결혼. 진정한 결혼으로 바꾸려면 제대로 마음을 전해서 다시 맞출 필요가 있어."

"뭐…… 그렇긴 하지."

거기서 아카네 쪽에 아무런 마음이 없다고 하면 사이토의 헛발질로 끝나게 되겠지만. 그때의 충격을 자신은 견딜수 있을까.

"하지만 프러포즈라니, 어떻게 하면 좋을까?"

"시세의 추천은 할복하면서 사랑을 외치는 것."

"너무 무섭잖아! 죽을 텐데?!"

"죽지 않아. 오빠는 최강. 세포 단위까지 파괴되어도 계속 움직여."

"더는 인간이 아니야! 그냥 죽는다고!"

"호조 그룹의 의료팀이 전력을 다해 치료할 테니까 괜찮아. 시세도 메가폰을 들고 응원할게. 힘내!"

"애초에 그런 프러포즈를 받는다면 아카네가 더 멀어지겠지!"

고개를 끄덕이는 시세이.

"본가로 도망갈 가능성이 높아."

"그렇다면 제안하지 마."

사이토는 손날로 시세이의 머리를 가볍게 때렸다.

어느새 시세이는 사이토의 흰 쌀밥 도시락을 다 먹어치우고 있었다. 쌀 한 톨도 남기지 않은, 감탄스러울 정도의 식성이었다

시세이가 사이토의 무릎에서 미끄러지듯 내려갔다.

"평범하게 프러포즈하면 돼. 오빠가 무섭다면 시세가 연습 상대가 되어줄게."

"너를 상대로 프러포즈를 해 보라고?"

"음. 그 완성도에 따라 시세가 성공률을 판정한다. 시세의 계산은 완벽."

시세이가 브이 사인을 내밀었다. 호조가 최고의 연산 능력을 자랑하는 시세이라면 현실 세계의 시뮬레이션에 관

해서도 믿을 수 있을 것이다.

"영차."

시세이는 사이토의 책상 위로 뛰어올랐다. 책상에 앉아 다리를 흔들며 기대에 찬 눈빛으로 사이토를 바라본다.

"보여줘. 오빠의 일생일대의 고백이자, 은하계의 모든 소녀를 순식간에 매료시킬 유혹 멘트를."

"처음부터 허들이 너무 올라갔잖아……."

사이토는 잠시 주저했지만, 여기서 도망친다면 호조가의 차기 당주라고 할 수 없었다. 지금까지 읽어왔던 방대한 문헌에서 데이터를 수집하여, 사람의 마음을 장악할 만한 대사를 구축했다.

사이토는 손을 내밀고 소리 높여 말했다.

"나를 따라와라! 내가 네 녀석에게 세상을 정복하게 해주마!"

"마이너스 5,000점."

"하한선을 돌파했어!"

"아카네는 딱히 세계 정복을 원하지 않아. 그건 프러포즈가 아니라, 권속을 모을 때의 대사."

"권속뿐만이 아니라 만민을 떨게 할 수 있는 대사잖아! 시세는 세계를 정복하고 싶지 않아?!"

시세이는 천천히 고개를 저었다.

"정복하고 싶지 않아. 왜냐하면…… 세계는 태고의 옛날부터 시세가 지배하고 있으니까."

"뭐, 뭐라고……?"

꿀꺽 침을 삼키는 사이토.

두 손바닥을 하늘로 향한 채 눈을 감은, 여신처럼 거룩한 시세이의 모습은 수수께끼의 설득력을 풍기고 있었다. 찬란한 빛의 오라도 나오는 것을 보니 그녀라면 신화시대부터 살아왔을지도 모른다는 생각이 들기 시작했다.

"오빠는 부끄러워하지 말고, 좀 더 직설적으로 사랑을 속삭여야 해."

"된장국을 끓여줘, 같은 거……?"

"비유 표현은 필요 없어. 시세의 눈을, 똑바로 봐."

시세이가 사이토의 얼굴을 양손으로 감싸 안고 끌어당겼다.

수정보다 더 맑은, 보석 같은 눈망울이 사이토를 조용히 응시했다. 반쯤 벌어진 연분홍색 입술에서 달콤하고 부드러운 숨결이 새어 나왔다.

"'세상 누구보다도, 너를 사랑해'라고 말해."

"그런 민망한 소리를……."

"말해."

온화하지만, 반론을 허락하지 않는 말.

그 마법 같은 힘에 이끌리듯, 사이토는 프러포즈를 했다.

"세상 누구보다도 너를 사랑해."

"나도, 사이토를 사랑해."

시세이는 달콤하게 속삭이며 사이토에게 입술을 가져갔다.

약간 촉촉하고 부드러운 감촉. 요염하게 일렁이는 눈동자가 사이토를 빨아들였다.

사이토는 황급히 시세이에게서 얼굴을 뗐다.

"야, 너, 지금 입술……."

입술에 남은 시세이의 감촉, 누른 손바닥에서 타액이 적나라하게 느껴졌다.

시세이는 식사를 마친 아기 고양이처럼 자기 입술을 핥고 있었다.

"이렇게까지 제대로 하지 않으면 의미가 없어. 프러포즈의 이미지는 잡았어?"

"아니……."

충격이 앞선 나머지 그럴 상황이 아니었다.

"그럼 훈련을 더 해야 해. 시세는 얼마든지 도와줄게."

"돕지 마! 가볍게 할 일이 아니잖아!"

"가볍지 않아. 오빠니까 해 주는 거야."

시세이는 발끝으로 서서 사이토의 목에 팔을 두르고 입술을 가까이 가져왔다. 평소에는 힘이 없는 시세이지만, 오늘만큼은 이상하게 힘이 셌다.

그때 사이토는 반 아이들에게 포위되어 있다는 것을 깨

달았다.

모두가 멍한 얼굴로, 무언가에 홀린 듯한 분위기를 내고 있었다.

"어라……? 잘못 본 거 아니지……?" "시세이와 호조가 키스했던 것 같은데……?" "주주주죽일 수밖에 없겠지……?" "시세이 님을 더럽힌 사이토를, 사신의 제물로 바칠 수밖에……." "마침내…… 지옥의 문을 열 시간이 왔구나……."

방대한 살의가 사이토에게 쏟아졌다.

"기다려, 너희들! 진정해! 찰나의 충동으로 길을 벗어나지 마!"

사이토는 필사적으로 폭도들을 설득하기 위해 노력했다.

그 사이에도 시세이는 반 아이들에게 조금도 아랑곳하지 않고 사이토의 입술을 노려왔다. 간신히 입술에 닿지는 않았지만, 목과 볼에 키스 세례가 쏟아졌다.

──젠장, 레이코 고모를 흉내 내다니! 자식 교육에 해로운 짓을 한다니까!

고모를 원망해 봤자 현 상황은 타개할 수 없었다.

오히려 시세이의 키스 난타로 상황은 더욱 악화하고 있었다. 반 아이들은 서로 협력하여 어디선가 새까만 목재를 모아와 지옥문을 만들기 시작했다. 'DIY! DIY!'라는 사악한 구호가 교실에 가득 울려 퍼졌다.

완성된 지옥의 문 너머로 사이토가 내몰리기 직전이었다. 한 남학생이 명탐정과 같은 예지를 두 눈에 담은 채 중얼거렸다.

"나, 방금 엄청난 사실을 깨달았어. 지금 사이토에게 키스하면, 시세이 님과 간접 키스한 게 되지 않을까……?"

"""앗……."""

폭도 전원이 찰나의 순간 깨달음의 경지에 도달했다.

"그거야!" "우리 같은 천한 인간이 신성한 시세이를 더럽히는 짓은 용서받을 수 없어." "하지만 호조 군은 마음껏 더럽혀도 상관없어." "그렇다면……."

반 친구들이 추잡한 욕망을 불태우며 사이토에게 달려들었다. 전원이 인체의 한계까지 입술을 내민, 문어형 외계인 같은 자세를 취했다.

"너희들 진짜로 좀 진정해! 인간으로서의 본성을 되찾아!"

사이토는 창문을 통해 복도로 뛰어내렸다.

시세이가 자신의 방에 벗어 어질러 놓은 교복을, 루이는 주워 들고 팔에 걸쳐나갔다.

시세이는 호조가의 아가씨치고는 다소 덜렁대는 편이었지만, 이것이 주인의 애정이라는 것을 루이는 알고 있었다. 루이가 할 일이 사라지지 않도록, 시세이는 일부러 옷을 어지르는 것이다. 실제로 루이가 볼일이 있어 저택을 비웠을 때는 시세이는 평범하게 스스로 주변 정리를 잘하고 있었다.

게다가 루이에게 있어서 시세이의 옷을 만지는 것은 더 없이 행복한 순간이었다.

하루 종일 주인의 작은 몸을 감싸고 있었던 블라우스나 치마에 얼굴을 파묻고 숨을 내쉬었다. 천상의 화원처럼 달콤한 냄새가 쏟아지며 뇌수가 저릴 정도의 행복감이 차올랐다.

"……루이."

"아가씨?!"

갑자기 등 뒤에서 들려온 소리에 루이는 흠칫 놀라 뒤를 돌아보았다. 수상한 사람이나 악당의 기척은 놓치지 않고 대응할 수 있었지만, 시세이의 기척을 알아차리는 것은 어려웠다.

시세이는 아직 사복인 드레스로 갈아입지 않고 원피스 타입의 속옷 차림을 하고 있었다. 순백의 레이스 원단 너머로 새하얀 피부가 비친 모습은 정말 요정으로만 보였다.

루이는 서둘러 변명하기 위해 애썼다.

"이건 그게 아닙니다. 저는, 아가씨가 흘린 땀의 양으로 컨디션을 관리하려고 했을 뿐, 결코 변태적인 행위를 하려던 건……."

"그건, 지금은 아무 상관없어."

"네……?"

무슨 벌이라도 받지 않을까 걱정하던 (기대도 조금 하던) 루이는, 시세이의 말에 어안이 벙벙해졌다.

"루이, 오빠가 좋아했던 아이에 대해, 아카네한테 말했어?"

"……?!"

순간 굳어버린 루이.

하지만 곧바로 표정을 바꾸며 무감정하게 대답했다.

"무슨 말씀이실까요? 그 소녀에 관해서는 아가씨가 비밀로 하라고 말씀하신 일입니다. 제가 아가씨와의 약속을 어길 리가 없습니다."

들킨다면 시세이의 신뢰를 잃을 것이다.

괜찮다. 겉모습을 속이는 것에 한해서는 루이는 누구보다 자신이 있었다. 자신과 어울리지 않음에도 메이드 차림을 하고 말투도 상류층에 맞췄다. 미천한 배경을 들키지 않도록 언제나 표정도 제대로 간수하고 있었다.

그렇게 생각했는데.

"시세는 알아. 루이가, 오빠와 아카네를 떨어뜨리기 위해 방해 공작을 하는 걸. 오빠와 히마리가 붙어 있는 체육창고에 아카네를 데리고 가거나, 오빠의 데이트를 방해했다는 것도 알아."

"아닙니다. 그건 우연으로……."

"오빠가 '그 아이'의 손수건을 소중히 간직하고 있다는 사실은 오빠와 시세, 루이 세 사람밖에 몰라. 그중에서 아카네에게 비밀을 누설할 만한 사람은 루이밖에 없어."

모든 것을 꿰뚫어 보는 주인의 눈동자가 루이를 응시했다. 루이보다 한참이나 작은데도, 주인에게서 뿜어져 나오는 위압감은 삼라만상을 짓누를 정도로 강렬했다.

루이는 시세이 앞에 무릎을 꿇고 고개를 숙였다.

"……죄송합니다. 저는 아가씨와의 약속을 어겼습니다. 어떤 처분이든 달게 받겠습니다."

하지만 적어도 시세이의 곁에서 쫓아내는 것만은, 그것만은 아니기를, 마음속으로 간절히 빌었다.

"시세는 루이에게 화가 난 게 아니야."

"네……?"

고개를 드는 루이.

시세이가 곤란한 얼굴로 그녀를 내려다보았다.

"다만, 오빠와 아카네를 방해하는 건 이제 그만했으면 좋겠어."

"하지만 그렇게 되면 아가씨의 마음은! 무슨 일이 있어도, 어떤 악역이 되어도 해야만 합니다! 제가 아가씨의 소원을 들어드리지 않으면!"

루이는 필사적으로 주장했다. 사이토를 향한 시세이의 연정을 누구보다 잘 알고 있기에, 그 마음이 이루어지지 않는 것에 대해 고통을 느꼈다.

"더는, 애쓰지 않아도 돼. 시세는, 옆에 루이가 있으면 괜찮아."

시세이가 루이의 머리에 손을 얹었다. 작지만 힘이 있는 손바닥. 거기에서 흘러드는 따뜻함이 너무나도 커서, 루이는 사라지고 싶은 충동을 느꼈다.

"저는…… 아가씨의 곁에 서기에 어울리지 않습니다. 호조가의 피도 재주도 없고, 아가씨를 만나기 전까지는 제대로 된 삶을 살지도 않았습니다."

"아가씨가 아니야. '시세'라고 불러."

자기 귀를 의심하는 루이.

"그 호칭은, 사이토 님께만 허락되는 것이 아닌지……."

오빠와 시세.

사이토와 시세이의 특별한 친밀함을 상징하는 두 사람만의 호칭. 친부모조차 시세이의 이름은 평범하게 이름으로 부르고 있었다. 아니, 부르게 하고 있었다.

"허락할게. 루이는 특별하니까."

시세이가 당당하게 선언했다.

루이는 머뭇머뭇 그 말을 꺼낸다.

"시세…… 님."

"응."

"원하신다면, 저는 시세 님 옆에 있겠습니다. 뒤가 아니라."

　단순한 하인이 아닌, 파트너로서. 그런 것을 루이가 바라는 것은 황송한 일이었지만, 사랑하는 주인의 소망이라면 온 힘을 다해 이룰 수밖에 없었다.

　"시세는 원해."

　"감사……합니다."

　루이는 입술을 깨물었다.

　카펫에 옆으로 앉은 루이의 무릎 위로 시세이가 앉았다. 사이토를 향한 것과 똑같은 거리감으로, 루이의 몸에 머리를 기댔다.

　"오빠는 굶주렸어. 만약 굶주림을 안은 오빠가 그대로 호조 가문의 당주 자리를 잇는다면, 무서운 재앙이 닥칠 거야."

　"그런 마왕 같은 일이……?"

　호조 가문의 시조는 평안한 세상을 어지럽혔다고 전해진다.

　"오빠는 그만한 힘이 있어. 그 천재적인 능력과 호조 가문의 권력이 있으면 좋든 나쁘든 뭐든 할 수 있게 돼. 오빠가 파멸로 치닫더라도 시세는 함께하겠지만, 그래서는 오빠가 행복해질 수 없어."

　"시세 님은…… 사이토 님을 정말 좋아하시는군요."

　루이가 입술을 삐죽 내밀었다.

파트너라면 질투를 느끼는 것도 용서받을 수 있을까.

"오빠의 굶주림을 채울 수 있는 건 아카네뿐. 그래서 시세는 오빠를 아카네에게 빌려준 거야. 루이도 오빠를, 도와줘."

시세이는 루이의 머리를 쓰다듬어주었다.

학교에서 돌아오는 길에 들른 카페.

직접 쓴 메뉴가 걸린 창가 자리에서 아카네는 히마리와 마주 앉아 홍차를 홀짝였다. 그러는 사이 밖에서 새어드는 호박색에 시간이 녹아가는 듯한 느낌이 들었다.

어릴 때부터 항상 히마리만은 아카네의 곁에 있어 주었다. 둘이 보내는 시간이야말로 정말로 편안한 시간이었다.

히마리가 걱정스럽게 물었다.

"아카네, 뭔가 기운이 없네. 괜찮아?"

"응…… 괜찮아."

최대한 태도에 드러내지 않으려 했는데도, 역시 오랜 절친의 눈은 날카로웠다.

"역시 괜찮지 않지? 무슨 일 있었어? 혹시 나 때문이야? 오늘도 사이토 군과 너무 달라붙어 있어서……."

아카네는 작게 웃어 보였다.

"상관없어. 히마리와는 정정당당하게 승부하자고 약속했잖아."

히마리는 힘이 빠진 얼굴로 테이블에 팔을 올리고 몸을 웅크렸다.

"다행이다……. 아카네한테 미움받으면, 난 더는 살아갈 수 없어……."

"과장이야. 히마리라면 내가 아니더라도 얼마든지 친한 친구를 만들 수 있잖아."

히마리가 격분하며 몸을 일으켰다.

"있을 수 없어! 물론 친구나 노는 무리는 많지만, 단짝은 아카네뿐인걸!"

"단짝과 친구의 차이점은 뭘까?"

아카네는 고개를 갸우뚱했다.

히마리는 입술에 검지를 대고 생각에 잠겼다.

"음, 나를 잘 이해해 주고, 내 단점을 봐도 다 받아주는 사람?"

"히마리의 단점은 최근까지는 거의 몰랐는데. 그렇다는 건 즉 그때까지 단짝이 아니었다는 거야?"

아카네가 추궁하자 히마리가 황급히 손을 저었다.

"아, 잠깐, 잠깐! 지금 건 취소! 으음, 시간이 지나도 계속 같이 있고, 서로를 아주 좋아하는 관계야!"

"갑자기 정의를 바꾸는 건 반칙이지."

"그치만~! 아카네와는 단짝으로 있고 싶단 말이야!"

떼를 쓰는 것처럼 입을 삐죽 내미는 히마리가 귀여워 아카네는 웃고 말았다.

"그래, 우리는 단짝이야."

"뭔가 대충 넘기는 것 같은데?"

"그런 거 아냐. 이 관계만은 절대로 변하지 않아."

"……응."

히마리는 볼을 물들인 채 찻잔을 들어 올렸다.

민망함을 감추기 위해 아카네는 홍차의 맛을 음미했다. 옛날부터 동경하던 히마리의 금발이 창가의 햇빛에 반짝이는 모습을 바라본다.

히마리는 어릴 때부터 아름답고 올곧았다. 이 단짝이라면 뭐든지 말할 수 있을 것 같았다. 아카네의 고뇌를 비웃지 않고 늘 진지하게 들어준다.

"……나, 사이토 포기하려고."

아카네가 그렇게 말하자마자 히마리는 찻잔을 떨어뜨릴 뻔했다.

빠르게 컵을 두 손으로 감싸 안으며 대참사를 막았지만, 튀어나온 홍차가 테이블을 적셨다.

"뭐……? 무, 무슨 말이야?"

믿을 수 없다는 얼굴로 히마리가 목소리를 떨며 물었다.

"사이토 말이지, 좋아하는 애가 있다는 것 같아. 어렸을 때부터 쭉 좋아했고, 지금도 잊지 못하고 있대."

"첫사랑 상대…… 뭐 그런?"

"그 아이가 빌려준 손수건을, 사이토는 지금도 소중히 가지고 있어. 그 로봇 같은 사이토가 말이야. 웃기지."

아카네는 웃었지만, 눈이 축축해지는 것이 느껴졌다. 천장을 올려다보자 나무로 된 팬이 천천히 돌아가고 있었다.

"나는 사이토가 행복했으면 좋겠어. 그러니까 나 같은 게 사이토의 방해가 되면 안 돼. 사이토는 줄곧 괴로운 일을 겪어 왔으니까, 적어도 사랑만큼은 자유롭게 하게 해주고 싶어."

히마리가 조금 화가 난 얼굴로 한숨을 내쉬었다.

"안 돼, 안 돼. 아카네는 늘 그 말뿐이야."

"어……?"

대체 무엇이 히마리를 화나게 한 것인지 알 수 없어, 아카네가 당황했다.

히마리가 이렇게 직설적으로 감정을 부딪치는 일은 사이토를 둘러싸고 싸우기 전까지는 없던 일이었다.

"그런 걸 바로 Must 사고라고 하는 거야. 수많은 규칙에 얽매여서 내가 하고 싶은 것도 포기하고, 숨도 쉴 수 없을 정도로 자기 목을 조르는 거지. 그렇게 살면 대체 무슨 즐거움이 있어?"

"즈, 즐거워. 평범하게…… 딸기를 먹거나, 고양이 영상을 보거나 하면…… 즐겁고."

하고 싶은 일을 모두 버린 것은 아니었다.

"그래? 아카네는 늘 괴로워 보이는데?"

누구보다 아카네를 지켜봐 온 히마리가 단언했다.

아카네의 뺨을 두 손으로 감싸 안고, 눈동자 속 깊은 곳을 들여다본다.

"……있지. 아카네는 본인이 고통받으면 누군가가 구원받는다고 생각하는 것 같아. 다른 누군가가 힘든 순간에 자신이 즐거워하면 안 된다고 생각해. 그거 혹시…… 마호 때문이야?"

"……!"

동요를 들킬 것 같아 아카네는 눈을 굴렸다.

"마호는…… 상관없어."

"역시 상관이 있구나. 하긴, 마호가 입원해 있을 땐 내가 아무리 불러도 아카네는 놀려고 하지 않았으니까. 미친 듯이 공부만 하면서 자신을 상처입히는 것 같았어. 그게 아카네의 기도 방식이었구나."

"아냐…… 난……."

변명할 말이 떠오르지 않았다.

자신이 착한 아이로 지내면 마호의 몸이 좋아질지도 모른다고 생각했다.

부모님도 마호도 힘든 시간을 보내고 있는데, 자신만 히마리와 즐겁게 지내거나 시시한 이야기를 하면서 웃었을 때는 죄책감이 들었다.

히마리가 걱정스러운 얼굴로 눈썹을 치켜올렸다.

"그럼 못 써, 아카네. 그런 이유로 의사가 되면 아카네는 금방 죽어버릴 거야."

"어째서……."

"왜냐하면, 아픈 사람이 눈앞에 있으면 아카네는 계속 일하려고 할 테니까. 쓰러질 때까지 일하고, 자기 행복 따위는 내던지고, 순식간에 사라져 버릴걸. 난 그런 건 싫어."

"나도 그 정도로 바보는 아니야."

어이없다는 얼굴로 어깨를 으쓱하는 히마리.

"그 정도로 바보야, 아카네는. 너무 공부해서 쓰러진 적도 있잖아."

"윽……."

전과가 있어서 부정할 수 없었다.

"애초에 다른 사람을 행복하게 해 줄 의무는 없다고 생각해."

"본인만 행복하면 된다는 거야?"

히마리는 망설임 없이 고개를 끄덕였다.

"나는 사이토 군에게 사랑받을 수 있다면 정부라도 상관없다고 몇 번이나 말했어. 세간의 시선이라거나 상식, 법률, 모두가 강요하는 것들은 신경 쓰지 않았어. 이건 모두의 인생이 아니라 내 인생이니까. 누구의 불평도 듣지 않을 거고, 나는 내가 결정한 대로 살 거야."

"규칙은 지키지 않으면 곤란하지 않을까?"

"물론 페널티는 있겠지만, 하고 싶은 걸 참고 사는 것보다는 그게 더 즐거워."

"히마리는…… 강하네."

아카네와는 비교가 안 될 정도로.

"강한 건 아카네야. 잊었어? 날 괴롭히던 반 친구들의 생각도 상식도 모두 부정하고, 자기 판단으로 나를 지켜줬던 건 아카네야. 나는 약했지만, 그런 아카네를 동경해서, 더 강해지기 위해 노력할 수 있었어."

"그건…… 히마리를 위해서였으니까."

"그럼 자신을 위해서라도 강해져. 사이토 군에게 좋아하는 아이가 있다니, 그런 건 아무래도 상관없잖아. 그 아이에게 사이토 군을 빼앗으면 되잖아! 사이토 군의 아름다웠던 추억을, 아카네의 추억으로 전부 칠해 버리면 되잖아!"

히마리는 아카네의 손을 두 손으로 움켜쥐고 생각을 쏟아내듯 말했다.

그 진지한 기백에 아카네는 압도되고 말았다.

"그럼 내가, 악역이 될 텐데……."

"괜찮아, 악역이라도. 난 아카네에게 사이토 군을 빼앗기 위해 최선을 다했어. 도둑고양이라고 생각한다 해도 신경 안 써. 나는 나의 행복을 위해 사는 거니까."

아무런 죄책감 없이 환하게 웃으며 단호하게 쏘아붙이

는 히마리의 모습이, 눈이 부셨다.

세간에서 비난받는 행동이라 해도, 그녀에게는 정의였다. 그것을 확신하기 때문에 흔들리지 않는다.

"왜 그렇게까지 응원해 주는 거야? 내가 사이토랑 이어지지 않으면 히마리는 더 좋지 않아?"

"그렇지. 그냥 놔두면 아카네는 자폭할 거고, 이런 바보 같은 애는 그냥 내버려두는 게 좋지 않을까, 살짝 생각하기는 했어."

"히마리~."

"아하하."

눈을 가늘게 뜨며 노려보는 아카네의 모습에 해맑게 웃어 보이는 히마리.

전과는 달리 히마리가 속마음을 숨김없이 이야기해 주게 된 것이 기뻤다. 생각보다 나쁜 성격이라는 생각도 들지만, 그것은 아카네도 마찬가지다. 두 사람 모두 착한 아이가 아니기 때문에 열등감을 느끼지 않고 편안하게 어울릴 수 있었다.

히마리는 테이블에 한쪽 턱을 괴고, 눈을 가늘게 뜨며 슬픈 얼굴로 아카네를 바라보았다.

"근데, 깨닫고 말았어. 난 사이토 군보다 아카네를 더 좋아하는 것 같아."

"뭐……?! 그, 그건 과분한 영광이긴 하지만, 나는 어디까지나 히마리랑은 친한 단짝으로 남고 싶달까!"

허둥지둥 말을 잇는 아카네.

히마리가 쓴웃음을 지었다.

"그런 말이 아니라~. 어? 실은 아카네가 날 좋아하고 있는 거 아냐?"

"아, 아니야! 갑자기 그런 말을 들으면 놀라잖아!"

"그렇겠지. 하지만 뭐, 나로서는 그것도 완전 오케이야♪"

장난스럽게 윙크하는 히마리.

"정말, 그만 놀려!"

아카네는 손을 휘둘러 윙크를 튕겨냈다. 동성이고 친구 사이이긴 하지만, 히마리 정도의 매력적인 상대에게 그런 말을 들으면 당황하지 않을 수 없었다.

히마리는 가슴 앞에 팔짱을 끼고 눈을 감았다.

"확실히 난 사이토 군을 원해. 사이토 군과 연인이 되고 싶고, 잔뜩 붙어 있고 싶고, 야한 것도 하고 싶어."

"야, 야한 거라니……."

적나라한 단어에 아카네는 목덜미가 뜨거워졌다.

"하지만, 아카네를 울리면서까지 사이토 군을 빼앗고 싶으냐 물으면, 그건 아닌 것 같아. 사이토 군과 데이트하는 건 두근거리고 좋지만, 아카네와 보내는 평화로운 시간이 더 좋아. 나는 아카네의 웃는 얼굴을 보고 있는 게, 아마 가장 행복한 것 같아."

히마리는 온화한 미소를 지으며 아카네를 바라보았다. 가늘고 긴 손가락이 애정을 담아 아카네의 앞머리를 쓸어내렸다. 따뜻하고, 기분 좋은 감각.

"나도…… 히마리와 보내는 시간이 좋아."

"응. 알아."

"하지만 어쩔 수 없이 사이토에 관해서는……."

"알아. 어느 한쪽이 물러설 수밖에 없지. 그리고 나보다 아카네의 마음이 더 강했어."

"미안해. 나…… 최선을 다할게."

"응. 힘내."

히마리는 살며시 아카네를 끌어안았다.

그 다정한 품에 감싸여 있자, 아카네는 무한한 힘이 샘솟는 것을 느꼈다. 언제나 아카네를 격려하고 지지해 주는 것은, 히마리였다.

히마리가 아카네의 귓가에 속삭였다.

"……물론, 아카네와 사이토 군이 잘되지 않으면, 바로 데려갈 거지만?"

"히마리?!"

굳어버린 아카네.

"의외로 사귀면 바로 식어버릴 것 같단 말이지, 아카네는. 일단 사이토 군에게 이겼으니까 이제 됐어, 라는 느낌으로?"

"그렇지 않아!"

아카네가 히마리의 품에서 벗어나려고 했지만 벗어날 수 없었다. 어른스럽고 매력적인 향기를 머금은 팔이 거미줄처럼 아카네에게 달라붙었다.

"방심하면 안 된다? 나는 계속 단짝으로서 아카네의 곁에 있을 거고, 계속 사이토 군을 노리고 있을 거니까. 알겠지?"

"단짝…… 너무 무서워……."

아카네는 몸을 떨었다.

"……좋아! 완벽해!"

사이토는 공부방 책상에 둔 책에서 고개를 들었다.

책상 위에는 온갖 지방의 구혼 의식에 대해 기록된 책과 프러포즈 장면이 나오는 논픽션, 심리학 전문서 등이 쌓여 있었다.

이 정도의 자료를 읽었으니 완벽한 프러포즈를 해낼 수 있을 것이 틀림없다. 성공률을 올리기 위해서는 최고의 무대와 최고의 연출, 최고의 대사를 준비해야 했다.

사이토는 공부방을 나와 1층으로 내려갔다.

긴장하며 주방을 들여다보니 아카네는 앞치마를 두른 채 스마트폰을 노려보고 있었다. 아까 저녁 식사가 끝난 지 얼마 되지 않았는데, 이번에는 과자를 만들려는 것인지

볼과 밀가루, 하트 모양 틀 등이 테이블에 놓여 있었다.

"……아카네?"

사이토가 말을 걸자 아카네는 튕기듯이 고개를 들었다.

"뭐, 뭐야?"

"내일 밤에 시간 있어?"

"어? 이, 있는데…… 그게 왜?"

사이토는 긴장으로 메마른 혀를 필사적으로 움직였다.

"그…… 디너 먹으러 가지 않을래?"

"디너? 저녁밥을 말하는 거야?"

"저녁밥이라고 할 만큼 편한 가게는 아냐. 드레스코드가 있는, 괜찮은 호텔 레스토랑이거든."

"호텔?! 야한 이야기야?!"

얼굴을 물들이는 아카네.

"아니야! 숙박이 아니라 레스토랑에 가자는 거야!"

사이토도 금세 얼굴이 달아올랐다.

애초에 평소에도 단둘이 살고 있으니 숙박이라 하더라도 이상한 일이 일어날 리는 없었지만.

아카네는 우물쭈물 망설이며 사이토를 올려다보았다.

"……데이트?"

사이토의 입에서 순간적으로 변명이 튀어나올 뻔했지만, 여기까지 와서 부끄러워해 봤자 소용없었다. 온몸이 수치심으로 타들어갈 것 같은 기분을 느끼며 힘겹게 말을 이어갔다.

"……데이트야."

"그, 그래……."

고개를 숙이는 아카네.

"싫어?"

"아니…… 기뻐."

"그렇, 구나……."

목소리가 떨려서 제대로 대화하고 있다는 기분이 들지 않았다.

기쁘다? 아카네도 데이트를 원하고 있었던 것일까? 사이토를 원하고 있었던 것일까? 거기에 조금이라도 호감이 존재하는 것일까?

사고가 돌고 돌아 혼선을 빚었다. 땀이 솟구쳤다.

"그럼 내일 보자! 제대로 에스코트할 테니까 기대해!"

오늘 밤도 같은 침실에서 보낼 예정인데, 사이토는 엉뚱한 인사를 남기고 주방에서 달려나갔다.

프러포즈 당일.

사이토는 자신의 공부방으로 가져온 거울 앞에서 몸단장했다.

호조 그룹의 파티가 있을 때 사용했던 흰색 턱시도. 너무 거창한가 싶기도 했지만, 조사한 문헌에 의하면 이 정도는 하는 것이 보통이라고 했으니 믿을 수밖에 없었다. 프러포즈에 관해서 사이토는 아무런 경험이 없었으니까.

준비를 마친 사이토가 복도에서 기다리고 있는데, 2층에서 아카네가 내려왔다.

열정적인 인품을 고스란히 드러내는 것 같은 새빨간 드레스.

곳곳에는 피부가 비칠 정도로 얇은 레이스 원단 위에 장미 자수가 놓여 있었다.

어깨는 매끈하게 드러나 있고, 은으로 된 목걸이가 목선을 장식했다.

옷선은 앞부분이 짧아지는 디자인으로, 다리가 매혹적인 곡선을 그리며 드러나 있었다.

첫 데이트를 했을 때 (그것을 데이트라고 불러도 좋을지 어떨지는 아카네와 논의의 여지가 있겠지만) 입은 드레스는 소녀다운 귀여움이 있었는데, 오늘 아카네의 모습은 어른의 색기를 풍기고 있었다.

안 그래도 긴장했던 사이토는 더욱 맥박이 빨라지는 것을 느꼈다. 나가기 전부터 이렇게나 여유가 없어서야, 오늘 밤은 무사히 살아남을 수 있을지 걱정이었다.

"어, 어때⋯⋯?"

아카네가 조심스럽게 물었다.

"⋯⋯예뻐."

인정하지 않을 수 없었다.

아카네는 예쁘다.

단순한 외모뿐만이 아니다. 그 내면에서 새어나오는 의지력, 강인함, 열정, 다정함, 사랑스러움이 그녀의 매력을 몇 배로 돋보이게 하고 있었다. 그것을, 지금의 사이토는 알고 있었다. 밀도 높았던 결혼 생활 속에서 그것을 모두 알게 되었다.

"……고마워."

아카네가 꽃처럼 볼을 물들이며 미소 지었다.

"우오오오오오오오오!"

귀여움의 섭취 한계를 돌파해 버린 사이토는 복도의 벽에 머리를 박았다.

"사이토?! 왜 그래?! 고장 난 거야?!"

황급히 사이토의 양팔을 붙잡는 아카네.

사이토는 엄지손가락을 치켜세우며 사악하게 웃었다.

"아무 문제 없어. 머리가 좀 간지러워서."

"머리가 간지럽다고 그런 짓을 해?!"

"나는 해. 천재니까."

"천재란 힘들구나……."

아카네는 어이없다는 표정을 지었다.

──이거 위험한 거 아닌가?

사이토는 위기를 짐작했다.

프러포즈 전인데, 벌써 아카네와의 마음의 거리가 상당히 벌어진 기분이 들었다. 이대로라면 레스토랑에 도착하기도 전에 아카네가 도망을 검토할지도 모른다.

좀 더 우아하게 에스코트해서 만회해야 했다.

"자, 가자. 오늘은 꿈같은 하룻밤을 즐기게 해 줄게."

사이토는 아카네에게 손을 내밀었다.

"으, 응."

아카네는 당황하면서도 사이토의 손을 잡고 현관문을 나섰다.

현관 앞에는 흰색의 리무진이 세워져 있었다. 시세이가 사용하는 형태와는 다르지만, 주택가의 좁은 도로에서는 존재감이 대단했다. 운전석에는 루이가 아닌 초로의 남성이 타고 있었다.

사이토와 아카네가 올라타자, 리무진이 천천히 출발했다.

"이 차, 어떻게 된 거야?"

아카네가 차 안을 둘러보며 물었다.

"렌탈했어. 번역 아르바이트비가 남아 있었거든."

"그냥 전철이나 버스를 타도 됐을 텐데. 돈 아까워."

"그럴 순 없어."

"왜?"

"이유가 있어."

오늘만큼은 전철이나 버스로는 모양이 살지 않는다. 사

이토가 읽은 문헌에 따르면 프러포즈할 땐 고급 차량을 타고 상대를 레스토랑까지 데려가야 한다고 적혀 있었다.

"이유를 알려줘. 궁금해."

꾹꾹 사이토의 소매를 잡아당기는 아카네.

"아무것도 아니야. 나중에 알려 줄게."

"지금 알려줘!"

"안 돼!"

아카네가 창백한 얼굴로 몸을 떨기 시작한다.

"혹시…… 말할 수 없는 이유가 있는 거야?! 유괴?! 유괴야?!"

"자기 아내를 유괴하는 사람이 어딨어!"

"연구소에 데리고 가려는 거지!"

"무슨 연구소!"

"잔혹한 실험을 하는 연구소! 대량의 고양이가 주위에 있는데 만질 수 없는 감옥 같은 곳에 날 가둬두고 내구성 실험을 하려는 거지!"

"상당히 평화로운 실험이네……."

"30분도 못 버틸 자신이 있어! 도와줘! 살려줘!"

"도움 요청은 필요 없어!"

리무진에서 뛰쳐나가려는 아카네를 사이토가 멈춰세웠다. 너무 난동을 부리면 운전기사가 일을 그만두고 돌아갈 것 같았다.

가까스로 아카네를 달래서 좌석에 앉히고 사이토는 한숨을 내쉬었다. 이 집에서는 아내를 레스토랑에 데리고 나가는 것만도 큰 고난이었다. 그것이 오히려 두 사람답기도 하지만.

아카네는 무릎 위에 작은 가방을 올려두고 안절부절못하는 얼굴로 차창을 바라보고 있었다. 아직도 차 밖으로 탈출할 기회를 노리고 있는 것인지, 아니면 사이토의 의도를 눈치채고 있는 것인지.

어느 쪽인지는 모르겠지만, 리무진 안에는 답답한 공기가 감돌고 있었다. 시세이의 리무진과는 다른 낯선 시트 냄새. 아카네도 드물게 향수를 뿌린 것인지 하얀 목덜미에서는 은은하게 고급스러운 향기가 풍겼다.

이윽고 리무진이 호텔 현관 앞에서 부드럽게 정차했다.

운전사가 문을 열어주고, 사이토가 아카네에게 손을 내밀어 리무진에서 내리게 했다.

현관 앞 로터리에는 또 한 대의 리무진이 세워져 있었다. 역시 고급 호텔, 부유한 손님이 많은 듯했다. 이 정도라면 음식의 질도 기대할 수 있을 것 같았다.

광택이 나는 유리문을 빠져나가자 널찍한 입구 홀이 나왔다.

아카네는 방패처럼 가방을 끌어안고 주변을 둘러보며 대리석 복도를 걸었다.

"연구소는…… 아닌 것 같네."

"아직도 의심하는 거야?!"

"그치만 수상하잖아. 사이토가 왜 이렇게 비싼 가게에 날 데려왔는지 전혀 모르겠어. 저번에는 업소용 슈퍼였는데……."

세련된 데이트를 기획하면 의심받는 관계성. 이런 상태에서 제대로 프러포즈할 수 있는 것인지 사이토는 의구심이 들었다.

복도를 왼쪽으로 돌아 끝으로 가자, 목적했던 프렌치 레스토랑이 보였다. 가게 안에는 그랜드 피아노가 놓여 있고, 이브닝 드레스를 입은 여성이 피아노를 연주하고 있다.

아카네는 화들짝 놀라며 무언가 깨달았다.

"내가…… 노래를 해야 하는 거야?!"

"어째서! 갑자기 그런 무리한 요구를 할 리 없잖아!"

"아니, 그렇게 정해져 있어……. 내가 필사적으로 노래하는 모습을 내려다보면서, 사이토만 비싼 음식을 먹으려는 거지?! 넌 그런 녀석이니까!"

"좀 더 날 믿어줘!"

티격태격하는 두 사람에게 홀 담당 남성이 다가왔다. 나이대는 50대 정도, 다른 직원보다 노련한 모습이 지배인 같은 분위기를 풍겼다.

사이토가 이름을 알려주자, 남성 직원이 테이블로 안내

해 주었다. 안쪽 의자를 끌어 아카네가 앉기를 기다리는 듯했지만, 아카네는 사이토 뒤에 붙어서 떨어지려 하지 않았다.

"왜 안 앉아?"

의아한 얼굴로 물어보는 사이토.

"왜냐니, 사이토가 앉아야지. 남자가 안쪽에 앉는 게 예의야."

"아니, 여자가 안쪽이야."

"뭐? 사이토도 참, 아무것도 모르는구나. 할머니 요릿집에서는 남자가 안쪽에 앉았어. 어쩔 수 없지, 내가 너에게 손수 예의라는 걸 알려줄게!"

아카네는 뿌듯한 얼굴로 가슴을 펴며 말했다. 자신이 우위에 설 수 있다고 생각하자마자 전력으로 콧대가 높아지는 모습은 평소와 같았다.

"일식에서는 그렇지만, 프렌치 매너는 그 반대야."

"어……? 그럴 리가……."

당황하며 스마트폰으로 알아보는 아카네. 순식간에 얼굴이 빨개졌다.

"그, 그렇지! 물론 알고 있었어! 모를 리가 없지!"

아카네는 거의 자포자기한 모습으로 안쪽 의자에 가 앉았다.

사이토는 맞은편 의자에서 다리를 꼬고 앉아 눈을 가늘

게 떴다.

"큭큭…… 아카네는 아무것도 모르는구나. 내가 너에게
손수 어른의 예의라는 걸 알려줄까?"

"으윽……."

아직 요리가 오지도 않았는데 아카네는 포크와 나이프
를 꽉 움켜쥔 채 신음했다. 꽉 움켜쥔 포크와 나이프는 뒤
틀려 있었다.

"미안해."

사이토는 생명의 위험을 느끼고 사과했다.

애초에 오늘은 아카네에게 프러포즈하기 위해서 레스토
랑에 온 것이다. 평소처럼 싸워서는 아무 의미가 없었다.

직원이 주문을 받았다.

"음료는 어떻게 하시겠습니까?"

"전 오렌지 주스요."

"전 콜라요."

다른 테이블의 손님들이 샴페인을 마시고 와중 청량음
료를 시키는 것은 좀 부끄러웠지만, 나이가 나이라 어쩔
수 없었다.

메인 디시로 사이토는 필레 스테이크, 아카네는 참돔 푸
왈레를 주문했다. 직원은 인사하고 테이블을 떠났다.

아카네는 흥미진진한 얼굴로 코스 메뉴판을 바라보고
있다.

"궁금하면 메뉴를 가져가면 되지 않을까?"

"괜찮아? 매너 위반이 되진 않을까?"

아카네는 경계했다.

"괜찮아."

"그럼, 갖고 가서 집에서도 연구할게. 아주 맛있는 걸 만들어 줄 테니까 목을 씻고 기다려."

"응, 기대할게."

아카네가 직접 만든 요리라면 분명 프로보다 더 훌륭할 것이다. 아카네의 요리만큼 자신을 채워주는 요리를 사이토는 먹어본 적이 없었다.

그러는 사이 두 사람의 음료가 서빙되었다.

지금이야말로 프러포즈에 관한 문헌 조사 성과를 보여줄 때였다.

사이토는 콜라 잔을 들고 거울 앞에서 수백 번 연습한 표정을 지어 보이며, 자신의 역대 최고의 멋진 보이스로 전했다.

"이 아름다운 밤과 아름다운 너에게…… 건배."

"우와…… 느끼해."

"큭……!"

직설적인 반응에 사이토는 대미지를 입었다.

"하지만 뭐, 싫지는 않아."

"어?"

"……건배."

아카네는 양손으로 잔을 감싸고 오렌지 주스를 조용히 홀짝였다. 쑥스러운 것인지 어깨를 움츠리고 귓불이 붉어져 있다.

지금 그것은 정답이었을까.

"아카네는 오렌지 주스를 좋아하네."

"그렇게 좋아하진 않는데?"

"할배랑 너희 할머니랑 요릿집에서 맞선을 봤을 때도 오렌지 주스만 마셨었잖아."

"그랬나……. 기억은 잘 안 나지만. 딸기 주스가 없으니까 비슷한 오렌지 주스를 마시는 것뿐이야."

"비슷한가……?"

역시 사이토의 기억력은 비상했다. 다른 사람이 잊어버리는 일이라도, 사이토만은 기억하고 있었다. 그 사실이 마치 사라져 버린 것 같아서, 약간의 쓸쓸함을 느꼈다.

"그때는 놀랐었지."

"맞아, 천적인 너와 결혼하게 될 줄은 몰랐으니까."

"후회해?"

"……."

아카네는 수줍게 고개를 숙였다.

차례차례 요리가 서빙되었다. 전채는 계절 채소 테린. 수프는 갑각류 비스크. 메인 디시인 푸왈레가 나오자, 아카네가 환호성을 질렀다.

별빛이 지듯 밤이 지나갔다.

다시는 돌아오지 않을 시간.

둘만의 소중한 시간.

피아노 연주는 부드러운 발라드로 바뀌어 있었다.

아카네가 무슨 생각을 하고 있는지 알 수 없었다. 사이토와의 결혼을 견디기 힘든 고통으로 느끼고 있는 것일까, 아니면 조금은 즐겁게 보내주고 있는 것일까.

하지만, 마음을 전한다면 지금밖에 없었다.

"나는……!"

사이토는 주머니 속에서 작은 상자를 움켜쥐었다. 반지는 전에 선물해 버렸으니, 이번에는 프러포즈를 위해 목걸이를 준비했다.

"뭐야?"

아카네는 밝은 목소리로 사이토의 얼굴을 들여다보았다.

기대를 담아 반짝이는, 예지로 충만한 눈동자.

딸기처럼 붉게 물든, 순수함을 간직한 볼.

가녀린 입술에는 연분홍색이 얹어져 촉촉한 윤기를 띠고 있었다.

오늘 밤의 아카네는 너무나도 사랑스러웠다.

──나는…… 이 아이한테 고백하는 건가? 과연 받아줄까……?

사이토가 공포를 느낄 정도로.

아카네에게 사랑받는 미래의 모습이 전혀 상상되지 않았다. 아니, 아카네뿐만 아니라 어떤 상대가 되든, 자신은 사랑받을 수 없을 것 같았다.

마음을 전한 순간, 아카네의 웃는 얼굴이 혐오로 일그러지는 것이 두려웠다.

지금까지 최선을 다해 거리를 좁혀왔는데, 한순간에 아카네가 떠나버릴까봐 무서웠다.

어디까지나 두 사람은 형식적인 결혼을 한 것일 뿐, 연애 감정 같은 것은 가지지 말아달라고 벽을 치며 거절할까봐 두려웠다.

──거절당하고 싶지 않았다.

경치가 일그러졌다.

현기증이 나서 앉아 있는데도 쓰러질 것 같은 기분에 사이토는 테이블 끝을 잡았다. 테이블에 늘어선 포크가 서로 부딪치며 요란한 소리를 냈다.

"……괜찮아?"

걱정스럽게 묻는 아카네의 표정이 이미 혐오감을 띠고 있는 것처럼 보이기 시작했다.

모처럼의 데이트인데, 분위기를 망쳐버린 스스로가 끔찍했다. 언제나 사이토는 분위기를 망쳤고, 반 아이들도 자신을 피했다.

사람의 마음을 모르기 때문에 사랑받을 수 없다.

영원히, 사랑받을 수 없다.

"미안. 잠깐 바깥 공기 좀 쐬고 올게."

"사이토?"

짓눌릴 정도의 압박감에 질식할 것 같은 기분을 느낀 사이토는 자리를 떴다.

어리둥절한 아카네를 테이블에 남겨두고, 홀 직원 옆을 지나쳐 레스토랑 밖으로 뛰쳐나갔다.

이대로 있으면 적어도 아카네와 함께 살 수 있다. 지금까지의 생활을 담보로 걸어가며 앞으로 나아갈 필요가 있을까.

스스로 그렇게 타이르면서도, 알고 있었다.

자신에게 용기가 없을 뿐이라는 사실을.

사이토는 피아노 연주가 들리지 않을 정도로 멀리 걸어서, 지나가는 그 누구에게도 발견되지 않는 복도 구석으로 대피했다. 차가운 벽에 손을 대고 흔들리는 몸을 지탱했다.

"나는…… 바보야."

저주처럼 사이토가 중얼거렸다.

"맞습니다. 사이토 님은 천하의 바보입니다."

어느새 옆에 루이가 서 있었다. 평상시와 다름없는 메이드 의상, 평상시와 다름없는 무뚝뚝한 얼굴로, 사이토에게 시선조차 주지 않고 태연하게 서 있다.

"어째서 여기 있어?!"

사이토의 물음에도 답하지 않았다.

"천하의 바보라는 건 말이 좀 심했네요. 인간 쓰레기, 아니, 쓰레기 말종이고 부르면 좋을까요."

"더 심해졌잖아……."

"제대로 프러포즈도 못 하는 겁쟁이한테 딱 어울리지 않나요?"

어째서 사이토의 목적을 알고 있는가, 라고 물어본다 한들 소용없었다. 이 메이드는 주인인 시세이와 마찬가지로 신출귀몰하며 이해를 초월한 존재였다.

사이토는 한숨을 내쉬었다.

"꼴사나운 모습은 보이고 싶지 않았어."

"사이토 님은 늘 남에게 약한 모습을 보이려 하지 않으시죠. 그렇게 자신의 진정한 모습으로 타인과 마주하는 게 두려우십니까?"

"진정한 모습으로도 사랑받을 수 있는 건, 정말 선한 사람이 아니고서야 불가능해."

시세이나 히마리, 혹은 아카네 같은.

"반대입니다. 꾸민 모습밖에 보여주지 않는 사람끼리, 상대를 사랑할 수 있을 리가 없죠. 왜냐하면 진짜 상대를 모르니까요."

"그렇지는……."

반박하려는 사이토의 입을 루이의 손이 막았다.

그녀의 단정한 얼굴이 사이토에게 가까이 다가갔다.

"저는 호조가의 관습을 증오하고 있습니다. 저택에서도 피가 얕은 저는 사용인으로 취급되어 시세이 님과 식사를 함께 할 수조차 없죠. 분하고 원통해서, 예전에는 혼자 눈물을 흘린 적도 있습니다."

"네가…… 울었다고?"

시세이의 보디가드를 맡고 있는 강인한 메이드의 모습만 보면 상상도 할 수 없었다.

"예전에 사이토 님은 저를 식사 테이블에 초대해 주셨죠. 그런 말은, 한 번도 들어본 적이 없었습니다. 하지만 전 계속 그 말을 듣고 싶었습니다. 그래서 조금, 기뻤습니다."

루이는 눈이 녹듯 사르르 미소 지었다. 그 온화해진 표정에, 사이토는 숨을 삼켰다.

"그, 그렇구나."

"어떠세요? 제가 좋아지기 시작했죠?"

"아니……."

"이런 미녀가 모든 걸 드러냈는데 좋아하지 않는다니, 역시 동정답네요."

"본인 입으로 말하지 마."

아름다운 것은 확실하지만, 이 메이드는 인품이 너무 거칠었다.

"약한 건, 비겁한 게 아닙니다. 하지만 자신의 멋지지 않은 모습도, 약한 모습도, 한심한 모습도, 그 모든 것을 아무에게도 보여주지 못하는 것은 가장 최악의 겁쟁이입니다."

"난…… 겁쟁이가 아니야."

사이토는 루이를 노려보았다.

루이는 거리낌 없이 마주 노려보았다. 사이토의 턱을 움켜쥐고 강하게 압박한 채, 눈동자 속 안쪽까지 꿰뚫어 보듯 쳐다보았다.

"아니요, 겁쟁이입니다. 멋지지 않은 모습을 보여주지 못하는 건 상대방을 믿지 않기 때문이죠. 당신은 아카네 님을 믿고 계십니까?"

"아카네는…… 좋은 녀석이야. 하지만……."

그렇기 때문에 사이토의 약점을 받아들여 줄 리가 없었다. 이 땅에 떨어진 오물 같은 질퍽한 원망과 절망의 덩어리를.

"좋아하는 상대조차 믿을 수 없다면, 평생 가짜 부부로 지내면 됩니다. 하지만 당신이 정말 원하는 게 그런 겁니까?"

루이는 사이토에게 물었다.

결국 프러포즈 같은 것은 하지 못한 채, 저녁만 먹고 그대로 집으로 돌아왔다.

평상시의 실내복으로 갈아입고, 사이토는 축 늘어진 모

습으로 거실 소파에 주저앉았다. 더는 책을 읽을 기운도, 게임을 시작할 힘도 남아 있지 않았다.

아카네가 걱정스러운 얼굴로 거실에 들어왔다.

"왜 그래? 기운이 없어 보이는데…… 무슨 일 있어?"

아카네의 배려가 가슴을 아프게 했다.

"……자신의 무능함에, 진저리가 나서."

"오늘 밤의 넌 완벽했잖아. 내 쪽이 프렌치 매너를 몰라서 여러 가지로 실수했는데."

"완벽하려고 해서 안 되는 거야."

"무슨 말이야?"

아카네는 의아한 얼굴로 고개를 갸우뚱했다.

책에서 얻은 지식이라면 사이토는 완벽하게 소화할 수 있다. 오늘의 에스코트도 매너의 교본대로 완수했다. 백점 만점에 백점이라고 해도 좋았다.

그렇게 지식을 대량으로 모으기 전에 아카네를 데이트에 초대할 수 없었던 것은, 두려웠기 때문이다. 지식도 준비도 용기를 끌어모으기 위한 무장이었다.

분하지만, 루이의 지적은 맞았다. 사이토는 겁쟁이다.

아카네에게도, 어떤 인간에게도, 자신은 사랑받을 수 없다.

좋아한다는 단 한마디를 말할 용기조차 없다.

왜냐하면.

"나는…… 나 자신이 싫어."

계속 감춰두었던 마음을 토해냈다.

부끄럽고, 초라한, 가족이나 다름없는 시세이에게조차 보여주지 않았던 속마음. 시세이 앞에서는 멋진 오빠로 있고 싶어서 이런 말을 하지 못했다. 누구에게나 사랑받는 공주님에게는 이런 마음을 이해받지 못할 것 같았다.

내 안에서 소용돌이치고 있던 덩어리를 말로 꺼내자마자, 그것이 형태를 가진 실감이 되어 전신을 채워나갔다.

"뭐……?"

아카네는 눈을 동그랗게 떴다.

"너, 넌 나르시시스트잖아. 언제나 자신만만하고, 남을 깔보고, 자신을 천재라고 말하고."

"천재인 게 무슨 의미가 있어?"

입안에 쓴맛이 감돌았다.

"학년 1등을 독차지할 수 있잖아. 자유롭게 학교를 선택할 수도 있고, 일에서도 크게 활약할 수 있고. 나 같은 거랑은 달리 넌 타고난 승자잖아."

"이겨서, 무슨 의미가 있는데?"

"무슨 의미가 있냐니……."

아카네는 당황한다.

"나는 이기고 싶은 게 아니야."

져도 좋았다.

지고 싶었다. 그걸로 모두가 좋아해 준다면.

"저기…… 그거 알아? 내가 이기니까…… 모두가 날 싫어해."

사이토가 허탈하게 웃었다.

"처음에는 부모님이었어. 내 아버지는 호조의 재능을 물려받지 못해서 호조 그룹에서 쫓겨났지. 거기까지는 괜찮았어. 아빠와 엄마는 호조 가문과는 상관없이, 남부럽지 않게 행복하게 살았으니까. 하지만…… 내가 태어난 탓에, 모든 게 망가져 버렸어."

"사이토가……?"

아카네는 눈썹을 찌푸렸다.

"난 호조의 재능을 물려받았지. 역대 호조 가문 당주들보다 더 진하게. 할배는 나를 후계자로 정하고, 특별 취급했어. 덕분에 아버지는 질투 때문에 미쳐버렸지. 그 남자는 늘 그랬어, 내가 빨리 죽어버렸으면 좋겠다고."

어릴 적부터 들어온 탓에 사이토는 아버지라는 생물은 모두 아들의 죽음을 바라는 존재라고 착각하고 있었다.

"그건…… 사이토 때문이 아니야. 나쁜 건 사이토의 아버지고……."

"아니, 나 때문이야. 왜냐하면 나를 싫어한 건 부모님뿐만이 아니었거든. 교사들도 반 아이들도 나를 싫어했어. 자신들의 세계에 결코 나를 들이려 하지 않았어."

"들어가고 싶었어……?"

의외라는 얼굴로 아카네가 물었다.

"……들어가고 싶었어."

고백하기에는, 너무나도 굴욕적인 욕망.

한번 입 밖으로 꺼내버리자, 멈출 수 없었다.

"시시한 애들 장난에, 나도 끼워줬으면 했어. 반 그룹 채팅방에서 장난치는 녀석들이, 부러웠어. 생일 파티에도 초대해 주길 바랐어. 내가 너무 우수한 탓에, 질투받고 배척당했어."

사이토는 천장을 올려다보았다. 형광등 불빛이 흔들리고 있었다.

"아니…… 아니야. 진짜 원인은 내 성격이 엉망이기 때문이야. 이런 생각을 가질 정도로 오만하고, 타인의 마음도 모르고, 누군가에게 상처를 줘도 알아차리지 못했어. 부모님도, 내가 사라져서 속이 시원했겠지."

아카네가 사이토 옆에 앉았다.

"사이토는, 부모님 일은 신경 쓰지 않는다고 생각했어……. 본가 저택에서 스쳐 지나갔을 때도 전혀 반응하지 않았으니까……."

반응하지 않은 것은 감정을 억누르고 있었기 때문이다.

어릴 때부터 자신도 모르게 어두운 감정을 죽이는 습관이 생겼다. 자기 자신을 지키기 위한 본능이었을지도 모른다.

"참을 수 없이 미웠어. 그 사람들은 수업 참관도 안 와줬어. 운동회에도 안 와줬어. 나랑 대화하려고도 하지 않았어. 가족 셋이 식사하려고도 하지 않았어."

아카네는 슬픈 얼굴로 사이토를 바라보았다.

"그건 미워하는 게 아니라…… 좋아, 했던 거지?"

"그만해."

"하지만, 그렇잖아? 정말 미웠다면, 대화하고 싶다는 생각도 하지 않았을 거야."

"하지 마."

사이토는 손바닥으로 귀를 막았다.

좀 더 평범한 아이로 태어났더라면, 평범하게 부모에게 안길 수 있었을까. 그런 가정을 상상하며 공허함에 시달리는 것은 어린 시절만으로도 충분하다.

세계에서 거부당하고 있다면, 나 역시 세계를 거부하면 된다.

아무것도 원하지 않았다, 집착하지 않았다. 희망이 없으면 절망할 일도 없으니까.

"아무도 내가 사는 걸 원하지 않았어. 그래서 나는 아무리 미움을 받더라도 살아남을 거야. 쓰레기들을 내려다보면서, 그 사람들이 고통받는 모습을 지켜볼 거야. 그게 내 복수니까."

내가 말하고도 너무나도 추악했다.

하지만 이것이 틀림없는 사이토의 속마음.

누구에게도 받아들여질 수 없는, 짙은 어둠.

"이런 내가…… 정말 싫어."

사이토는 힘겨운 한숨을 내쉬었다.

무서워서 아카네 쪽을 볼 수가 없었다.

역시 약한 모습은 보여주지 않는 편이 좋다.

분명 경멸을 받았겠지. 분명 환멸을 느꼈겠지.

둘이 쌓아왔던 평화로운 삶도 끝이다.

아카네는 나가고, 사이토는 혼자가 될 것이다.

언제까지나 계속되는 고독 속에서 숨죽이며 살아갈 것이다.

"나는── 네가 좋아."

옆에서 들려온 목소리에 사이토는 자기 귀를 의심했다.

"뭐……?! 내 이야기 제대로 들은 거 맞아?! 내 안은 최악의 쓰레기인……!"

돌아보자, 아카네의 눈에 눈물이 가득 고여 있었다.

사이토의 손을 양손으로 꽉 움켜쥐고 타이르듯 같은 말을 반복했다.

"나는, 네가 좋아. 네가 아무리 너 자신을 싫어해도, 나는 널 사랑해."

"사, 사랑?! 무슨 말이야……?!"

의미를 알 수 없었다.

사랑받을 만한 구석은 사이토에게는 조금도 없는데. 방금 자신이 생각하는 가장 더러운 부분을 입 밖으로 내버렸는데.

"입학한 지 얼마 안 됐을 때는 사이토에게 너무너무 화가 났었어. 하지만 그만큼 동경도 했어. 내가 못 하는 걸 쉽게 해내고, 늘 당당하게 행동했으니까. 열받았지만, 멋있었어. 그래서 말을 걸 수밖에 없었어."

아카네는 사이토의 손을 잡은 채 조용히 말했다.

두 사람이 걸어온 길을, 거기에 숨겨져 있던 마음을, 넌지시 알려주었다.

"함께 살게 되면서 사이토에 대해 많이 알게 되었고, 점점 더 좋아졌어. 나르시시스트지만 믿음직스럽고. 곤란할 때는 언제나 도와줬어. 둔감해 보이지만, 사실은 배려심이 많아. 야식으로 만들어 준 딸기 샌드위치도, 정말 맛있었어."

"입맛에 맞았다니…… 다행이지만……."

사이토는 상황을 이해할 수 없었다. 아카네가 사이토를 솔직하게 칭찬해 주다니.

아카네가 내뱉는 말 한마디 한마디가 무거워서, 사이토의 가슴에 깊게 박혔다.

"너와 둘이 영화 보는 게 좋아. 둘이 게임하는 게 좋아.

둘이 이불을 덮고 자는 게 좋아. 네가 배고픈 강아지처럼 밥을 기다렸다가 맛있게 먹어주는 게 좋아. 싸우더라도, 둘이 함께 보내는 시간이 좋아."

"이런 지독한 성격을 가진 남자가, 좋다고……?"

사이토는 믿을 수 없는 심정으로 물었다.

아카네는 즐거운 얼굴로 어깨를 으쓱했다.

"물론, 네 싫어하는 점도 많아. 하지만 싫어하는 부분도, 좋아하는 부분도 전부 포함해서, 나는 사이토라는 사람과 죽을 때까지 함께하고 싶어. 그렇게 생각하고 있어."

그것은 사랑의 고백처럼 가벼운 것이 아니었다.

절대적인, 모든 존재를 향한 긍정.

사이토의 모든 것을 집어삼킬 정도의 감정.

자신이 계획했던 프러포즈는 애들 놀이에 지나지 않았다는 것을 깨달았다.

이것을 원했다.

이것을 원해서, 지금까지 살고 있었다.

복수 같은 것이 아니라.

사랑받고 싶었다.

이 세계에 존재해도 된다고, 허락받고 싶었다.

"너는…… 굉장하네……."

가슴이 갈라지며 뜨겁고 거대한 것이 치밀어오르는 기분에, 사이토는 입술을 꽉 깨물었다.

경치가 일그러져 아카네의 얼굴이 잘 보이지 않았다.

빰에 흐르는 그것을, 아카네가 손가락 끝으로 부드럽게 닦아주었다.

"처음에는 최악의 결혼이었어. 하지만 너랑 결혼해서 다행이야. 나는 계속 사이토 옆에 있을 거야. 왜냐하면 여기는…… 우리 집이니까."

아카네는 사이토에게 기대며 미소 지었다.

아카네?!
왜 부엌에 물을?!

내가 옮길게!

짜르릉♪

벌떡…

아, 그래, 홍차라도 가져다줄게!

달그락 달그락
절그럭 절렁

홀록…

하아…

좋아한다고말해버렸어좋아한다고말해버렸어좋아한다고말해버렸어좋아한다고말해버렸어좋아한다고말해버렸어

아카네가 우려준 홍차가 테이블에서 김을 내고 있었다.

홍차 옆에는 직접 만든 와플. 메이플 시럽과 버터 향이 감돌았다.

이런 가족의 단란한 시간도, 사이토는 어린 시절부터 경험해 보지 못했기에 계속 원하던 것이었다. 아무것도 없는 다정한 시간이, 이유 없이 기분 좋았다. 편안함 속에 삼켜져서 몸도 마음도 녹아내릴 정도로.

소파에 앉은 사이토의 팔에 아카네가 매달려 있다. 마치 사냥감을 잡은 고양이처럼 기분 좋은 얼굴이었다.

"네가 좋아하는 애가 있다고 해도, 아무한테도 안 줄 거야. 내가 널 행복하게 만들기로 했으니까."

"어……? 내가 좋아하는 건……."

"누구야? 말해. 내가 처치해 버릴 테니까!"

여전히 살벌한 아이다.

상대가 자신을 좋아한다는 것을 아는 상황에서도, 자신의 마음을 전하는 것은 긴장됐다. 그렇지만 아카네가 솔직하게 말해 주었으니, 사이토도 고백하는 것이 예의였다.

"그…… 아카네, 야."

"아카네……? 누구야 그 여자는!"

아카네는 격노했다.

"너야!"

"너야 아카네? 희귀한 성이네."

"성이 아니라! 너라고! 내 눈앞에 있고, 나와 결혼한 아카네!"

사이토는 아카네의 어깨를 잡고 확실히 전했다. 이렇게까지 자세하게 설명하지 않으면 마음이 전해지지 않는다니, 역시 이 소녀는 공략 난도가 너무 높았다.

아카네는 눈을 동그랗게 떴다.

"어? 뭐……? 뭐어어어어어?! 나?! 농담이지?!"

"농담 아니야! 그 말을 하려고 디너까지 먹으러 간 건데, 결국 말하지 못했어!"

평소에는 겁도 많으면서, 아카네가 사이토보다 더 용기 있었다.

다른 여자에게 빼앗아서라도 사이토 옆에 있고자 하는 강한 마음이 있었다.

"하, 하지만 너, 옛날부터 쭉 좋아하는 애가 있었다며?!"

"그건 단순한 첫사랑이야."

"아직 좋아하는 거지?! 손수건도 소중히 간직하고 있을 정도로!"

"일단 갖고 있긴 하지만……. 그래, 매듭을 짓기 위해서라도 손수건은 네가 알아서 해 줘."

사이토는 자신의 공부방으로 향하더니 벽장 안쪽에서

상자를 꺼냈다.

커다란 책 모양의 인조 가죽 상자. 텐류가 준 만년필과 시세이가 준 종이접기 등 버리기 힘든 물건들이 담겨 있었다.

그 안에 레이스 손수건이 들어 있었다.

졸업 기념 파티 때, '그 아이'가 빌려주었던 손수건.

그날 사이토는 상처를 입은 상태였다. 텐류에게 파티에 초대받지 못한 아버지가 분풀이로 사이토에게 재떨이를 던졌기 때문이다.

맞는 것도 일상이었기 때문에, 사이토는 신경 쓰지 않았지만, 그 상처를 본 그 아이는 눈물을 글썽였다. '아픈 건 참으면 안 돼'라고 말하면서 손수건으로 상처를 감싸주었다.

그 모습에 사이토는 심장이 떨렸다. 대화가 잘 맞아 즐거웠던 것뿐만이 아니다. 그 아이가 내민 흔들림 없는 상냥함을, 아무리 지나도 잊을 수 없었다.

——잊어야겠지.

기억에서 지울 수는 없어도 마음에서는 지워야 했다.

사이토는 거실로 돌아와 아카네에게 손수건을 내밀었다.

"이거야."

"어……?"

아카네는 멍한 표정을 지으며 손수건을 받으려고 하지 않았다.

"왜 그래?"

"그, 그거…… 내 손수건인데……. 나도 모르는 새에 잃어버렸다고 생각했는데……."

"뭐……? 이건 내가 졸업 기념 파티 때 '그 아이'한테 빌린 거야."

"내 거 맞아! 그치만 봐, 가장자리에 벚꽃잎 자수가 놓여 있잖아! 할머니가 나를 위해 일부러 새겨준 거란 말이야!"

"아니아니! 나는 확실하게 기억해! 파티 장소 발코니에서 얘기를 나누던 '그 아이'가 손수건을 빌려줬던 걸! 긴 머리에 예쁘고, 얌전하고, 천사나 여신을 닮은 아이였어! 넌 악마나 드래곤이잖아!"

"무례하네! 너랑 발코니에서 얘기했던 건 나야!"

아카네가 드래곤처럼 계단을 뛰어올라가더니, 악마처럼 달려 돌아와 자신의 앨범을 펼쳐 사이토에게 들이밀었다.

"봐! 초등학교 때 내 사진!"

"이게……?!"

거기에 찍혀 있던 것은, 사이토가 좋아했던 '그 아이'였다. 할머니인 치요 옆에서 그때와 똑같은 드레스를 입고 수줍게 시선을 돌리고 있다.

아카네는 앨범을 움켜쥐고 부들부들 몸을 떨었다.

"너…… 혹시…… 계속 날 기억하고 있었던 거야? 고등학교에서 다시 만났을 땐 '오랜만이야'라고 인사했더니 '누구?'라고 말했었잖아!"

"머리 스타일이 전혀 달랐으니까……."

사이토는 아연실색한 얼굴로 사진을 바라보았다.

"얼굴로 외워!"

"얼굴도 성장했고! 그보다 너도 손수건 빌려준 거 까먹고 있었잖아!"

"그런 세세한 건 기억 못 해! 그때는 너무 두근거려서 그럴 상황도 아니었고!"

"내가 더 두근거렸어!"

"내가 더 두근거렸거든!"

두 사람은 서로를 노려보며 다투기 시작했다. 아카네의 얼굴은 새빨갰고, 사이토의 얼굴도 타들어갈듯 뜨거웠다. 좋아하는 사이가 됐는데도 싸워버리는 것은, 자신들의 숙명인 걸까.

아카네는 머리를 감싸 안았다.

"완전히 시간을 낭비해 버렸어……. 네가 좀 더 일찍 깨달았다면 싸우지 않고 고등학교 3년 간을 꽁냥거리면서 지낼 수 있었을 텐데……."

"꼬, 꽁냥……."

그런 말이 아카네의 입에서 나오다니, 청천벽력 같은 일이었다.

아카네는 벽에 기댄 채 허망한 눈으로 중얼거렸다.

"아아…… 후회해도 돌아오지 않아……. 수학여행이나,

문화제, 체육대회, 새해 참배, 여름 축제……. 같은 마음이라는 걸 알았다면 더 많은 걸 할 수 있었을 텐데……. 마음껏 청춘을 만끽할 수 있었을 텐데…….”

사이토는 긍정적인 생각을 제안한다.

“뭐, 뭐어 앞으로 같이 하면 되지. 싸우면서 서로를 알게 된 부분도 있으니까…….”

아카네가 도깨비 같은 형상으로 외쳤다.

“반성해!”

“미안해!”

사이토는 빠르게 사과했다.

아카네가 사이토에게 이마를 갖다 대고, 눈에 눈물을 가득 담고 노려보았다.

“복수로, 지금부터 철저하게 사랑해 줄 테니까…… 각오해!”

후기

드디어 애니메이션화입니다!

사이토가, 아카네가, 시세이가, 히마리가, 마호가 움직입니다!

시작은 4년 전, 한 편의 만화 동영상이었습니다. 그것이 소설이 되고, 코믹스가 되고, 끝으로 애니메이션이 되어 일본 전역, 그리고 전 세계에 방영!

굉장히 먼 곳까지 온 것 같아 지금도 꿈을 꾸고 있는 기분입니다.

여기까지 올 수 있었던 것은 《반에서 가장 싫어하는 여자애와 결혼하게 되었다》를 오랜 세월 응원해 주신 여러분 덕분입니다.

정말로, 정말로 감사드립니다.

작가에게 있어 애니메이션화는 큰 꿈입니다.

2013년에 데뷔하고 올해로 11년. 꿈을 이루기까지 오랜 시간이 걸렸지만, 그동안 살아남을 수 있었던 것도 많은 분들의 응원이 있었던 덕분입니다. 지금까지 정말 감사했습니다.

애니메이션화를 목표로 멈추지 않고, 앞으로도 좋은 이

야기를 전해 드릴 수 있도록 최선을 다할 테니 계속 읽어 주시면 감사하겠습니다. 생명이 끝나는 그때까지 분명 계속해서 글을 쓸 거라 생각합니다.

이 애니메이션화에 대해서는, 저도 각본 회의나 더빙에 열심히 참여 중입니다. 제작진 여러분이 원작을 사랑해 주시고 깊이 있게 읽어주고 계십니다.

원작자보다 캐릭터를 더 잘 이해하고 계신 성우분들의 열연에 더빙 스튜디오는 늘 웃음바다가 되고 있습니다.

아카네와 아이들이 즐겁게 뛰어다니며, 이게 바로 반여결 애니메이션이다! 라고 자신있게 추천할 수 있는 애니메이션이 완성되어 가는 것을 실감하고 있으니, 기대해 주세요.

반여결 공식 계정에서는 애니메이션 최신 정보 외에도 특별 프로그램이나 이벤트 등의 공지도 나오고 있습니다. 팔로우 해 주시면 감사하겠습니다.

앞으로도 반여결을 잘 부탁드립니다!

여름의 한복판 2024년 7월 20일
아마노 세이주

CLASS NO DAIKIRAI NA JOSHI TO KEKKONSURUKOTO NI NATTA. 9
©Amano Seiju 2024
First published in Japan in 2024 by KADOKAWA CORPORATION, Tokyo.
Korean translation rights arranged with KADOKAWA CORPORATION, Tokyo.

반에서 가장 싫어하는 여자애와 결혼하게 되었다. 9

2025년 2월 15일 1판 1쇄 발행

저 자	아마노 세이주
일 러 스 트	나루미 나나미
캐릭터원안	모스콘부
옮 긴 이	이소정
발 행 인	유재옥
이 사	조병권
출판본부장	박광운
편 집 2 팀	정영길 박치우 조찬희
편 집 3 팀	오준영 권진영 이소의 정지원
디자인랩팀	김보라
디지털사업팀	김경태 김지연 윤희진
콘텐츠기획팀	박상섭 강선화
라이츠사업팀	김정미 이윤서 임지윤
영업마케팅팀	최원석 이다은 윤아림
물 류 팀	허석용 백철기
경영지원팀	최정연
인쇄제작처	㈜코리아피엔피
발 행 처	㈜소미미디어
등 록	제2015-000008호
주 소	서울시 마포구 토정로222, 502호 (신수동, 한국출판콘텐츠센터)
판매 및 마케팅	(070) 8822-2301

ISBN 979-11-384-8587-6 04830
ISBN 979-11-384-0841-7 (세트)